Reihe *Solothurner Klassiker*

Vinzenz Grossheutschi Hofstetten

knapp

Die Herausgabe der Reihe *Solothurner Klassiker* unterstützen:

Lotteriefonds des Kantons Solothurn
Stadt Solothurn
Stadt Olten
Rosmarie und Armin Däster-Schild Stiftung, Grenchen

Vorwort

Der Kanton Solothurn hat eine Reihe ehemaliger Schriftsteller, Schriftstellerinnen und Erzähler, die leider nicht mehr bekannt sind oder immer mehr in Vergessenheit geraten. Ihre Arbeiten sind in Periodika, in Festschriften, in Ortschroniken, in Kalendern, in Zeitschriften, in Zeitungen, in Büchern oder in alten Schulbüchern erschienen. Viele dieser Publikationen sind nicht mehr erhältlich, teils weil sie vergriffen oder nicht mehr auffindbar sind.

Die Reihe *Solothurner Klassiker* schafft einen Zugang zur früheren solothurnischen Literatur. Jedes Buch bietet eine kurze biografische Einführung in das Leben und Schaffen der Autorin oder des Autors sowie ein Literaturverzeichnis. Bewusst wird auf kommentierte oder wissenschaftliche Ausgaben verzichtet.

Hans Brunner, Herausgeber

Vinzenz Grossheutschi, 1894–1937

Adalbert Grossheutschi wurde am 25. Januar 1894 in Hofstetten geboren. Die ersten Gymnasialjahre verbrachte er am Kollegium in Altdorf, das von den Mariasteiner Benediktinern geführt wurde. Die Matura bestand er am Kollegium Schwyz. 1914/15 leistete er Militärdienst bei der Grenzbesetzung. Darnach trat er ins St. Gallusstift in Bregenz ein, wo damals die Mariasteiner Benediktiner ihren Sitz hatten. Er machte dort Profess am 25. September 1916 und erhielt den Klosternamen Vinzenz. Seine theologischen Studien absolvierte er an der Universität Fribourg. Am 20. März 1920 wurde er in St. Gallen zum Priester geweiht, seine Primiz durfte er hernach am 20. April in Mariastein feiern. Von 1920 bis 1922 widmete er sich in Rom am Collegio S. Anselmo kirchenrechtlichen Studien, die er mit dem Lizenziat abschloss. Ins St. Gallusstift zurückgekehrt, dozierte er an der theologischen Hausschule Kirchenrecht und Kirchengeschichte. Daneben betätigte er sich im Kloster als Bibliothekar, Archivar, Kapitelssekretär, Brüderinstruktor und als Seelsorger.
Er war ein beliebter, gern gehörter Prediger. Einige seiner Predigten erschienen auch im Druck. Gleichzeitig entfaltete er eine reiche schriftstellerische Tätigkeit. Angefangen hat

er mit einem biografischen Seelengemälde eines früh vollendeten Benediktiners. Darauf folgten Novellen und Feuilletons in der Zeitung Die Ostschweiz, die dann teilweise auch in Buchform erschienen. Er veröffentlichte Erzählungen in Kalendern (Basler katholischer Volkskalender und Diaspora-Kalender). Der Junker von Sternenberg erschien zuerst in Fortsetzungen in der Nordschweiz. Er ist der Autor von drei Theaterstücken, die in Vorarlberg aufgeführt wurden. Ein Filmdrehbuch kam nicht zur Ausführung; er veröffentlichte es aber dann als Feuilleton in der Ostschweiz. Auch ein Gedichtband erschien von ihm. Zum 25-Jahre-Jubiläum des St. Gallusstiftes in Bregenz publizierte er eine Gedenkschrift. In den Zeitschriften Die Glocken von Mariastein und Borromäer-Stimmen, Studentenzeitschrift des Kollegiums in Altdorf, finden sich mehrere Artikel von ihm. 1936 berief ihn der Abt als Pfarrer in die alte Mariasteiner Klosterpfarrei St. Pantaleon-Nuglar. Doch erkrankte er bald schon und erlag einer Herz- und Nierenkrankheit am 20. Dezember 1937. Bestattet wurde er in der Klostergruft zu Mariastein. Infolge seines Wirkens in Bregenz fand er in Vorarlberg zu grösserer Bekanntheit als in seiner Heimatregion, die er aber literarisch ebenso berücksichtigte. Sein früher Tod machte seinem schriftstellerischen Talent ein abruptes Ende.

P. Lukas Schenker
16. Juli 2011

Der Junker von Sternenberg

Eine geschichtliche Erzählung aus dem 14. Jahrhundert

Folgende Erzählung führt uns in einen weltentlegenen Winkel des Schweizer Jura, dorthin, wo sich die letzten Ausläufer dieses Gebirges gegen das Elsass hin verlieren. Eigentlich sollte dieses Stück Erde, das den Namen Leimental trägt, nun zum Baselbiet gehören, in dem es wie eine Insel liegt, oder dann zum Bernbiet, das auch seine Fangarme nach ihm ausstreckt. Aber das unergründliche Schicksal und die geschichtliche Entwicklung fügten es, dass das Leimental dem eidgenössischen Stande Solothurn zugeeignet wurde. Dass es bis heute so geblieben ist, beweist jede bessere Landkarte der Schweiz.

Das Leimental steht mit der Aussenwelt in Verbindung durch mehr oder weniger gut gepflegte Landstrassen. Besonders aber ist sein unterer Teil, der die Dörfchen Rodersdorf, Flüh, Bättwil und Witterswil umfasst, in lebhaftem Verkehr mit dem mächtigen Basel, da die BTB (Birsigtalbahn) von dort herkommend, die Stationen in regelmässigen Zeitabschnitten heimsucht und ihre Bewohner mit den wunderherrlichen Sachen der modernen Grossstadt in eleganten Verpackungen stetsfort beglückt. Die Dörfer Hofstetten und Metzerlen mit dem Wallfahrtsorte Mariastein dagegen liegen nicht an der breiten Verkehrsstrasse, sondern oberhalb eines Bergrückens auf einer kleinen Hochebene, die wiederum vom Gebirgszuge des Grossen Blauen gegen Süden begrenzt wird. Der erstgenannte Bergrücken heisst dagegen der Kleine Blauen, weil er eigentlich mehr einem bewaldeten Hügel als einem richtigen Berge gleicht. Dieses obere Leimental geniesst heutzutage auch die Vorteile und Nachteile des modernen Verkehrs, weil es nur allzu häufig von den rücksichtslosen Autofahrzeugen durchrast und unsicher gemacht wird. Schade ist's, jammerschade, um den schönen Fleck Erde! Aber eben: Unsere Zeit ist am Ende der wahren Poesie angelangt!

Diesem modernen Treiben wollen wir eine Weile aus dem Wege gehen. Darum flüchten wir uns zurück in jene Zeit, da auf ihren Burgen noch die Ritter hausten. Lang ist's her! Aber wo jetzt die verlassenen, armseligen Ruinen ein zerbröckelndes Dasein fristen, herrschte ehemals blühendes, sprühendes – und leider oft auch – schuldbeladenes Leben.

Das Leimental mit seiner Umgebung war besonders burgenreich. Ein Zeichen, dass seine Bewohner unter der Tyrannei der Burgherren viel Hartes durchgemacht haben. Denn abgesehen von den Frondiensten und Abgaben, die die Untergebenen ihren Herren leisten mussten, wurden in den beinahe ständigen Fehden und Kriegshändeln der Burgherren untereinander die Wiesen, Wälder und Felder nur zu oft beschädigt oder gänzlich verwüstet und dadurch die ohnehin nicht reichen Landleute an den Bettelstab gebracht, den sie aber dennoch nicht zum Auswandern gebrauchen durften, weil sie an die Scholle ihrer Herren gebunden waren. Die vielen Burgen schauten also einst stolz und kühn von Bergeshöhe herab ins Tal. Ihrer Überreste sind heute nur noch die stummen Zeugen einer vergangenen Kulturperiode. Immerhin aber wissen sie uns noch vieles zu erzählen.

Vor allem bewundern wir die mächtige Ruine der Burg Landskron. Sie steht auf elsässischem Boden oberhalb von Flüh und war ehemals Stammsitz des edlen Geschlechtes der Münche oder Mönche, das der Kirche und dem Staate viele vortreffliche Männer schenkte.

Ganz zerfallen ist die Burg Sternenberg, die halbwegs zwischen Flüh und Hofstetten rechts von der jetzigen Landstrasse auf einem Felsen erbaut war. Ursprünglich war sie Sitz der Edlen von Hofstetten, dann kam sie an die Grafen von Thierstein, die dort einen Vogt hatten. Später wechselte sie oft den Besitzer, bis sie an den Bischof von Basel kam. Im Laufe des 16. Jahrhunderts dürfte Sternenberg zerfallen oder zerstört worden sein, und heute ist davon kaum noch ein Stein auf dem andern.

Gesegnet mit Burgen war besonders das Gebiet des Grossen Blauen. Zwischen Hofstetten und Metzerlen, am Waldrande auf einem Bergvorsprung ist noch die Ruine Rotberg zu sehen, welche der Stammsitz der Grafen dieses Namens war. Die Burg fiel im Jahre 1356 dem grossen Erdbeben zum Opfer und wurde dann nicht mehr aufgebaut. Die Grafen von Rotberg waren grossenteils edle Herren von wahrhaft adeliger Gesinnung. Einen Arnold von Rotberg treffen wir 1442 als Bürgermeister von Basel. Dieser machte sich besonders verdient um den in seiner Grafschaft gelegenen Muttergotteswallfahrtsort Mariastein, für den er vom Konzil von Basel einen eigenen Wallfahrtspriester erbat und erhielt. Denen von Rotberg gehörten auch die Burgen oder besser gesagt die Waldfestungen Fürstenstein, Blauenstein und Neuenstein, die dazu dienten, ihre Herrschaft gegen feindliche Angriffe zu schützen. Die Bergfeste Fürstenstein lag oberhalb Ettingen auf einem mächtigen Felsenkamme, der dem Grossen Blauen vorgelagert ist.

Das Bergkastell Blauenstein beherrschte oberhalb Metzerlen den Übergang ins Laufental. Neuenstein dagegen, beim heutigen Dorf Wahlen gelegen, sicherte von der entgegengesetzten Seite her die Herrschaft über das Laufen- und Leimental. Die letztgenannten drei Burgen scheinen drei furchtbare Zwingburgen gewesen zu sein, denen schwer beizukommen war. Und dennoch ereilte sie eines Tages ihr Schicksal. An den Fasnachtstagen 1412 wurden alle drei von den damals noch kaiserlichen Baslern zerstört, weil sich auf ihnen ein gewisser Raubritter namens Heinrich zu Rhein eingenistet und mit seinen Kumpanen furchtbare Gräueltaten verübt hatte. Nachher blieben alle drei Festungen Ruinen, die nie mehr aufgebaut wurden. Alte Leute wissen noch zu berichten, man hätte früher immer behauptet, es sei unter der Burg Fürstenstein ein Dorf gestanden mit Namen Rhinofingeln. Ausgrabungen dürften dies vielleicht bestätigen; denn es werden dort die Leute der Burgherren ihre Wohnungen gehabt haben. Der Name Rhino oder Rheino erinnert vielleicht an den gefürchteten Raubritter Heinrich zu Rhein, der nach Eroberung der Veste auf dem Platze unterhalb des Felsens standrechtlich enthauptet worden war.

Das Leimental war damals noch nicht ein so fruchtbares Paradies wie heute. Insbesondere war die Ebene des obern Teiles zwischen Metzerlen und Hofstetten bis gegen Burg Fürstenstein hinauf ein dichter Wald, nur durch einzelne Schaf- und Viehweiden unterbrochen. Einzig in der Nähe der Burgen und Dörfer war das Land urbar gemacht worden, und an sonnigen Halden prangten einige wohlgepflegte Weinberge. Die schroffen, weissen Felsen des Juragebirges ragten da und dort aus der tiefblauen Waldwildnis empor und gaben der ganzen Gegend ein beinahe drohendes Aussehen. Dass in den Klüften und Höhlen dieses Trümmergebirges manch gefürchtetes Untier hausen musste, ist leicht begreiflich. Und wenn dann die Phantasie des Menschen solche Orte mit allerhand Schreckgespenstern anfüllte, musste es manchem Wanderer grausen, allein und unbewaffnet in die Geheimnisse der Wildnis einzudringen.

Übrigens hatte auch schon ein bisschen Kultur im heutigen Sinne des Wortes das Leimental beleckt; denn der Chronist Wursteisen aus Basel erzählt uns in seiner Chronik 1765 auf Seite 19 und 20 vom Dörfchen Flüh, das im Tale zwischen Landskron und Sternenberg liegt, Folgendes:

«Im selbigen Schlund hat es unterhalb einer Flue (daher der Ort Flüh genannt wird) eine treffliche, grosse Brunnenquelle in einer Wiesenmatt, welche die Umsässen für ein heilsames Badwasser achteten, deshalben allda in die Badkästen leiten, wärmen und darinnen Müde, Raud und Grindigkeit der Haut, ihrer Gesundheit pflegen.»

Mancher unserer modernen Bad- und Wasserkurorte dürfte stolz darauf sein, einen so wahrheitsgetreuen Chronisten gefunden zu haben. Man würde ihm aber im Namen des Fortschrittes und der Humanität befehlen, sich etwas höflicher und verblümter auszudrücken und seine Worte mit Schminke und Parfüm zu überkleistern!

1. Kapitel

Trara, traraaa, traraaaa …
So rief das Wächterhorn von der Burg Landskron her in der frühen Dämmerstunde eines Maimorgens in den träumenden Waldfrieden des Leimentals hinein.

Nicht lange darauf setzte auch der Turmwächter von Sternenberg seine Trompete an den Mund und Trara, traraaaa … hallte es zurück in mannigfachem Echo von den harten Felswänden zurückprallend. Die beiden Nachbarburgen hatten sich durch dieses Zeichen verständigt. Nicht etwa, dass ein grimmiger Feind im Anzug gewesen wäre, sondern der Landskrönler hatte dem Sternenberger mitgeteilt, dass der Graf von Rotberg und Bischof Johannes von Basel in Flüh eingeritten seien, um diesen Maitag dem frischfröhlichen Jagen zu weihen. Dort sollte der Junker von Sternenberg und der Graf von Landskron mit ihren Meuten zu ihnen stossen. Es sollte ein gemeinsames Vergnügen werden. Das Jagen fand diesmal im Gebiete des Grafen Jakob von Rotberg statt, der sich dadurch besonders dem Fürstbischof von Basel erkenntlich zeigen wollte, dem er ohnehin als seinem Lehensherrn verpflichtet war.

Im Hofe von Sternenberg wurde es lebendig. Junker Hermann stand unter seinen Mannen und gab Befehle.

«Hans, sind alle Hunde bereit?», herrschte er einen jungen, stämmigen Bauernburschen an.

Vom Stalljungen verlangte er sein Ross. Der war aber mit dem Aufzäumen noch nicht ganz fertig. Das verdross den heissblütigen Mann und – eins, zwei, drei – gab er dem Burschen schallende Ohrfeigen, sodass dieser in eine Ecke des kleinen Hofes flog, während der Herr selbst dem Hengste das Gebiss einzwang und die lockeren Riemen des Sattels fester anzog. Bald sass Junker Hermann hoch zu Ross, und da er so elegant durch das Burgtor über die Zugbrücke in den blühenden Maimorgen hinausritt, hätte man ihn eher für einen fünfzigjährigen Mann halten mögen. Sein Gesicht war frisch und mit einem spärlichen Bart bewachsen. Der grüne Jagdanzug stand ihm gut. Auf dem Kopfe sass eine blaue Mütze, mit einer roten Feder geziert. Um die Schultern wehte ein kurzer, hellgrüner Reitermantel. Die Lenden trugen einen Ledergurt, daran in einer Scheide ein Waidmesser stak, während die Füsse in weiten, weisslederen Stiefeln mit silbernen Sporen ruhten.

Ihm voran ritt ein Edelknecht mit dem Banner von Sternenberg in der Rechten. Ein grosser, weisser Stern erstrahlte aus rotem Felde. Und hinter ihrem Herrn ritten noch dessen Schwert- und Schildträger, heute allerdings ausgerüstet mit Geschossen für die Jagd: einigen scharfen Wurfspiessen, einem Bogen und pfeilgespickten Köcher. Dann folgten noch ein halbes Dutzend Bauernburschen mit Jagdhunden, die sie zu zweien oder dreien an Leinen führten. Der Hans und der Uli mit ihren ungeduldigen Dachshunden schlossen den seltsamen Zug.

Es ging leichten Trabes talauswärts gegen Flüh. Hier herrschte geschäftiges Treiben. Der Graf von Rotberg hatte auch sein Gefolge und seine Meute. Bischof Johannes war zudem mit mehreren angesehenen Baslerherren erschienen, geistlichen und weltlichen Standes. Dem hohen Prälaten hätte man die bischöfliche Würde nicht angesehen, wenn nicht unter seinem roten, goldverbrämten Reitermantel zuweilen das goldene Kreuz hervor geblitzt hätte. Die meisten Jagdgäste waren abgestiegen und ergingen sich in den Wiesen und dem weiten Garten des lang gestreckten Badhauses, während die Pferde, von den Knechten bewacht, da und dort vom frischen Grase naschten.

Junker Hermann stieg aus dem Sattel, um mit Fussfall und Ringkuss den Bischof zu begrüssen. Er war zwar nicht dessen unmittelbarer Vasall, verdankte aber doch dem hohen Herrn einige Einkünfte vom Hofstetter Kirchengute. Sonst war der Sternenberger Junker ein Untertane des Grafen von Thierstein, der sich aber kaum einmal ernstlich um diese abgelegene kleine Burg bekümmerte und als reicher Herr mit einem kleinen jährlichen Lehenzins zufrieden war. Junker Hermann war also gewissermassen sein eigener Herr, und wenn seine Burg an Umfang und Bedeutung den meisten andern nachstand, beispielsweise gegen die mächtige Bergfeste Landskron nur ein Schatten war, so wog diese freie Stellung vieles auf. Ein glückliches Zusammentreffen mehrerer Umstände verbürgten Junker Hermann ein unbestrittenes Ansehen in der Basler Ritterschaft, dessen er sich wohl bewusst war.

«Meinem Herrn Bischof ehrfurchtsvollen Gruss», sprach Hermann, indem er linkisch das rechte Knie bog und einen Ringkuss andeutete.
«Ah, sieh da, mein tapferer Hermann von Sternenberg!», entgegnete überrascht und zugleich huldvoll der Bischof. «Wollt Ihr heute mit uns das Jagdglück versuchen?»
«Man sollte das Weidmannsglück auch fangen können, gleich wie einen Hasen, dann könnte man es sich gefügig machen», meinte lachend der Junker.
«O ja», gab der hohe Herr zurück. «Aber, ich meine, wie mir Graf Jakob versicherte, dieses Gebiet sei recht wildreich. Hirsche und Rehe soll es in Menge geben, auch Eber sollen gar nicht selten sein. Es ist allerdings

zum ersten Male, dass ich hier an der Jagd teilnehme, aus Erfahrung kann ich nicht reden.»

«O, Ew. Gnaden können ohne die geringste Sorge sein. Wenn sich meine erfahrenen Treiber ans Werk begeben, werden wir auf manch schönes Wild stossen.»

Graf Jakob von Rotberg hatte sich genaht und meldete, dass Burkhard von Landskron anreite.

Hermann begrüsste kurz und kühl den ernsten Grafen von Rotberg, der in seinem schwarzen Samtwamse und langen weissen Barte einen überaus würdigen Eindruck machte. Er war begleitet von seinem jüngsten Sohne Arnold, der so seine zweiundzwanzig Lenze zählen mochte, aber den mittelgrossen Vater an Leibesgrösse um Kopfeslänge überragte. Der Jüngling trug einen grünen Jagdanzug. Unter der grünen, federgeschmückten Mütze wallte üppiges, schwarzes Haar hervor und berührte noch leicht die Schultern. Die Augen blickten zwar kühn, aber etwas versonnen in den Frühlings-morgen hinein. Arnold war der Liebling und Stolz des alten Grafen, darum durfte er ihn stets auf Jagden und Spazierritten begleiten.

Als der Jüngling dem Junker Hermann die Hand zum Grusse bot, drückte er sie nur kurz und flüchtig und erwiderte kaum dessen Begrüssungsworte. Es schossen plötzlich ganz wilde Blicke aus den Augen des Junkers, die auf schwarze, hasserfüllte Gedanken schliessen liessen. Hatte ihm der junge Graf vielleicht einmal ein Unrecht zugefügt, oder galten diese Zornblicke dem Grafen Jakob, seinem Vater? Den beiden schien das Benehmen des Junkers weiter nicht aufzufallen. Sie sahen sich nach ihren Pferden um und schritten auf das Badhaus zu, dessen runde Scheiben im Glanze der Morgensonne aufleuchteten. Unter der Tür der Trinkstube war eine schlanke Mädchengestalt erschienen, die forschende Blicke auf die Gruppen der Herren und Knechte warf, wie um jemanden zu suchen.

Graf Jakob und Arnold bemerkten das Mädchen, traten näher und begrüssten es.

«Wo sind deine Eltern, Jungfer Marie?», frug nun Jakob. «Rufe sie, damit wir sie rasch begrüssen; denn wir haben es eilig.»

«Zu dienen, Ihr Herren Grafen! Vater ist in der Schmiede, Mutter aber ist nicht weit. Sofort will ich sie rufen.»

Das Mädchen verschwand im Innern des Hauses und kehrte bald in Begleitung einer stattlichen, bürgerlich gekleideten Frau zurück.

«Guten Tag, Mutter Helena», redete der Graf die Wirtin an.

«Wünsche den hohen Herren auch guten Tag», klang es hell und froh zurück. «Es erwarten die Herrschaften heute einen guten Jagdschmaus, nicht wahr?»

«Ja, Frau Wirtin, Ihr habt meinen Wunsch erraten. Zu Mittag werden wir auf Rotberg speisen, aber am Abend werden wir Eure Leckerbissen versuchen. Das erlegte Wild wird Euch rechtzeitig gebracht werden.»

Frau Helena machte eine leichte Verbeugung, indem sie erwiderte:

«Es soll an nichts fehlen, Herr Graf. Wenn ich aber bitten dürfte, wäre mir ein fetter Eber erwünscht, weil die Zubereitung am einfachsten ist. Immerhin verschmähe ich auch Hasen und Rehe nicht.»

Die letzten Worte sprach Helena beinahe etwas spöttisch. Ihre Kochkunst kennt doch keine Hindernisse, das soll jedermann wissen!

«Gut, Frau Wirtin, ich verstehe», entgegnete der Graf.

«Ich auch», lachte Arnold. «Den Eber werde ich suchen und erlegen. Dann wünsche ich aber auch ein recht saftiges Stück davon.»

«Gewiss, junger Herr», lachte nun auch Helena. «Den besten Schinken werde ich für Euch aufbewahren.»

Marie hatte stillschweigend zugehört und lachte bei den letzten Worten der Mutter auch mit. Da sprach Graf Jakob, indem er sich anschickte weiterzugehen:

«Frau Helena, Ihr habt eine prächtige Tochter. Ich wünsche dem Manne Glück, der sie zur Frau erhält.»

Marie errötete tief und ihr Blick streifte verschämt Arnold, den Grafensohn.

«Ja, ja, Herr Graf! Die Mädchen von heute wollen immer oben hinaus, da müsste schon ein Graf, Baron oder gar ein Fürst kommen», entgegnete Helena, indem sie ihre Tochter lachend anblickte.

«Nur Geduld, er wird schon kommen», ergänzte der Graf und dabei huschte auch etwas wie ein Lächeln über sein ernstes Gesicht.

Die Knechte hatten die Pferde gebracht, Vater und Sohn stiegen auf.

«Gott befohlen, Jungfer Marie», sprach huldvoll lächelnd Arnold, und dann ritten beide auf ihren ungeduldigen Pferden davon.

Der Graf von Landskron nahte mit einem stattlichen Gefolge. Ihm voran ritt der Bannerträger, eine weisse Fahne in der Hand haltend, in deren Mitte ein grüner Papagei prangte. Weder Bischof Johannes noch der Graf von Rotberg hatten ein eigenes Banner bei sich, Burkhard von Landskron und der von Sternenberg waren die Einzigen. Augenscheinlich taten sie sich viel darauf zugute, ihre Abzeichen zu zeigen. Doch jedermann der hier Anwesenden wusste, dass sowohl der Bischof als auch der Graf von Rotberg und andere Edle von Basel unter dem Zeichen des Sittich, oder Papagei, ritten, der Junker von Sternenberg aber aus Trotz sich das Sternenbanner vorantragen liess. Die Ritterschaft von Basel und Umgebung war nämlich seit längerer Zeit in zwei Parteien gespalten, die sich in mehr oder weniger offener Feindschaft gegenüberstanden. Die einen hatten sich zusammengetan unter dem Wappen des Papageis und die andern unter dem Zeichen des Sterns. Die Führer der ersten Gilde waren die Mönche von Landskron, Münchenstein und Mönchsberg, sowie die Schaler von Benken; an der Spitze der Sternengilde standen Hermann von Sternenberg und der Freiherr von Ramstein. Darum also dieses auffällige Zurschautragen der beiden Wappenzeichen bis in das harmlose Vergnügen des Jagens hinein, wo ja die Wappen eigentlich ganz und gar keine Bedeutung hatten.

Harmlos indessen sollte das heutige Jagdvergnügen nicht ablaufen, sondern mit erschreckender Deutlichkeit zeigen, wie weit Habgier und Parteihass das Herz eines Mannes verblenden können.

Nachdem Junker Hermann auch noch den Grafen von Landskron begrüsst hatte, zog er sich etwas von der Jagdgesellschaft zurück und rief seine beiden Burschen Hans und Uli zu sich. Scheinbar gab er ihnen wichtige Befehle betreffs der Jagd und des Wildes, in Wirklichkeit aber hatte er ganz andere Pläne …

«Hans, heute ist die Gelegenheit günstig. Der junge Graf ist hier, wir müssen ihn unbedingt in unsere Gewalt bringen, koste es, was es wolle», sprach er erregt, aber mit gedämpfter Stimme.

«O, nichts Leichteres als das!», lachten die beiden und rieben sich vergnügt die Hände.

«Wie wollt ihr es denn anpacken?», frug Hermann leise.

Hans erwiderte: «Wir suchen während der Jagd den alten vom jungen Graf zu trennen, indem wir jeden auf die Fährte eines Wildes führen, die möglichst weit auseinanderlaufen.»

«Gut! Vortrefflich!», lobte Hermann.

«Dann locken wir ihn von Metzerlen her, wenn wir ihn übrigens so weit jagen lassen müssen, über die Weideplätze gegen Hofstetten und von dort hinunter nach Sternenberg. Der Rest wird sich dann von selbst ergeben.»

«Der Plan ist gut ausgedacht. Aber fügt dem jungen Grafen kein Leid zu. Heil und gesund muss er mein werden. Wenn ihm das Geringste widerfährt, dann gilt: Aug um Aug, Zahn um Zahn! Verstanden?»

Die Unterredung wurde nur flüsternd und überaus vorsichtig geführt, oft übertönt vom Getöse eines Amboss; denn die drei standen nicht fern von der Werkstätte des Flühschmiedes, der heute alle Hände voll zu tun hatte. Manchem Pferde mussten die Hufeisen erneuert, dann wieder ein Spiess geschärft, eine Armbrust geflickt werden. Es war ein beständiges Kommen und Gehen. Als aber ringsum die Hörner erklangen und zum Aufbruche mahnten, da trat auch Meister Heinrich vor seine Werkstatt, wischte sich mit der schmutzigen Hand den Schweiss von der Stirne und den Russ aus dem schwarzen Vollbarte. Der gewaltige Mann reckte seine Arme und machte eine Bewegung, als wolle er einen Spiess schleudern. Dann liess er sie schlaff herabhängen, senkte das Haupt und überliess sich stummen Sinnen. Aber nicht lange. Ein Geflüster traf sein scharfes Ohr. Der Schmied horchte auf und sah gerade noch, wie sich Junker Hermann oberhalb seiner Schmiede von den beiden Burschen verabschiedete, sich aufs Pferd schwang und der Jagdgesellschaft nachritt.

Da brummte der Flühschmied vor sich hin:
«Die drei dort haben jetzt sicher nicht ihr Morgengebet verrichtet. Die beiden Galgenstricke hätte man schon lange hängen sollen und den Junker von da droben mit ihnen. Was die drei wohl ausgebrütet haben mögen?»

2. Kapitel

Über Tal und Wald war der Maitag voll aufgegangen. Die Vögel sangen in Busch und Baum, berauschend duftete der Flieder, und an sonnigen Halden woben Massliebchen, Löwenzahn und Wiesenschaumkraut einen entzückenden Teppich. Alles übergoss die fröhliche Maisonne mit einem Zauberlichte, und die würzige Mailuft hauchte dem Ganzen die Seele ein.

Im Walde erschallten die Jagdhörner, bellten die Hunde, bald fern, bald nah und bald wie ein verklingendes Echo hinauf bis zur Burg Blauenstein, dann wieder hinüber bis gen Fürstenstein.

Junker Hermann heftete sich dem Grafen von Rotberg an die Fersen und liess ihn nie aus den Augen. Er suchte den jungen Grafen Arnold unauffällig von seinem Vater zu trennen, indem er den Abstand zwischen ihnen zu vergrössern suchte. Man ritt von Flüh her durch die Waldschlucht, an deren Ende man auf ein freies Feld gelangte mit Aussicht auf die Burg Rotberg. Doch liess man diese Burg links liegen und ritt gen Metzerlen, da durch Hornsignale angezeigt worden war, von dort her seien einige Hirsche zu erwarten. In der Tat nahte sich bald ein prächtiges Tier. Graf Jakob überliess den Spiesswurf dem Bischof, der die Beute überaus gut traf, sodass der schöne Edelhirsch das Eisen im Herzen, zu seinen Füssen niedersank. Die Jagdknechte bemächtigten sich des Tieres, und man zog unverzüglich weiter. Zuweilen musste man absteigen und sich durch dichtes Gebüsch winden, dann konnte man wieder ein Stück Weges reiten. Bald trennte man sich für einige Minuten, bald konnte man sich an lichten Stellen wieder treffen. Doch Arnold wich nie von der Seite des Vaters. Er war ein ausgezeichneter

Bogenschütze, und schon manches ahnungslose Reh war seinen Pfeilen zum Opfer gefallen. Aber der wilde Eber, den er suchte, hatte sich bis anhin noch nirgends gezeigt.

So ging das fröhliche Jagen weiter. Links und rechts schwirrten Pfeile, schlugen Lanzen ein, erschallten heitere Rufe über reiche Beute, bis die Sonne Mittag anzeigte. Dann sammelte sich die Jagdgesellschaft nach Verabredung im Burggarten von Rotberg, um einen Imbiss und einen kühlen Trunk einzunehmen. Alles war guter Dinge, lachte und scherzte. Selbst der ernste Graf Jakob schien etwas aus seiner Zurückhaltung herauszutreten. Vor einem Jahre war seine innigst geliebte Gattin gestorben, und deren Tod konnte er bis jetzt nicht verwinden. Dies war vor allem die Ursache seiner feierlich ernsten Stimmung. Doch jetzt schien er unter der Einwirkung der lachenden Maisonne aufzuleben, und die Fröhlichkeit floss wie lindernder Balsam in sein wundes Herz.

«Lasst uns heute fröhlich sein!», rief er den Jagdgenossen zu. «Gott schenkt uns einen herrlichen Tag und reiche Beute, lasst uns beides dankbar geniessen!»

«Ja, wir wollen fröhlich sein!», rief es in der Runde, und dabei flogen die goldenen und silbernen Becher hurtig an die Lippen der Herren und mussten von den geschäftigen Dienern immer wieder nachgefüllt werden.

Dem Junker von Sternenberg behagte dieser Frohsinn nicht recht. Seine schwarzen Gedanken plagten ihn stetsfort und umflatterten ihn wie hässliche Raben. Er fühlte lebhaft, dass er nicht gut in diese Gesellschaft hineinpasse. Manchmal vermeinte er, im Innern eine Stimme zu vernehmen, die zu ihm sprach: «Hermann, du bist ein Judas!» Dann stieg in seinem Herzen wieder eine Art von Mitleid und Erbarmen auf gegen den alten

Grafen, den er im Begriffe war, tief unglücklich zu machen; denn er wusste wohl, wie er an seinem Sohne Arnold hing. Aber das war es ja gerade, was er wollte. Die reichen, vornehmen, hochmütigen Herren von der Papageiengilde, die auf die armen, niederen Junker mit verächtlichen Blicken herabschauten, wollte er einmal gehörig demütigen.

Noch einmal regt es sich in der Seele Hermanns, als müsse er den beiden gedungenen Burschen befehlen, von ihrem Vorhaben abzusehen. Jetzt wäre es ihm noch ein Leichtes, da noch nichts geschehen ist und Arnold da drüben ahnungslos an der Seite des Vaters und des Bischofs sich freut und seine bisherigen kleinen Heldentaten erzählt. Aber der Hass, der vermeintlich verletzte Adelsstolz und der schmutzige Geiz obsiegen und ersticken alle besseren Regungen in der Seele Hermanns. Mitleid mit dem unglücklichen Vater? Das kennt er nicht! Was ein Vaterherz ist, weiss er nicht; denn er nennt weder Frau noch Kind sein Eigen. Das Herz des Junkers ist wieder kalt und verstockt.

Aber die Verantwortung für ein gebrochenes Mannesherz und ein zerstörtes Jugendglück, kann er sie tragen? Tragen? Ha, ha! An dem trägt er leicht! Sonst wäre er an dem vielen Tragen gebrochener Herzen schon längst zusammengebrochen. Und doch ist er noch rüstig wie ein Zwanzigjähriger.

Graf Burkhard von Landskron hob den Becher und stiess mit Hermann an:

«Glückauf, Ritter Hermann! Mein Trunk gelte unseren freundnachbarlichen Beziehungen.»

«Ich erwidere Eure wohlgemeinten Glückwünsche, Herr Graf», meinte jener kühl.

Doch Burkhard liess sich dadurch nicht abschrecken, sondern fuhr fort: «Fürwahr, ich muss Euch beinahe beneiden! So frei und unabhängig wie Ihr, haust kaum ein Edler weit und breit.»

«Das schon, das schon, Herr Graf! Aber Ihr werdet wissen, dass man mir und andern diese Freiheit und Unabhängigkeit nicht gönnt!»

Spitz und scharf klang jedes dieser Worte aus dem Munde des Junkers.

«O doch», fuhr Burkhard unbeirrt fort, «ein echter Edelmann gönnt jedem seiner Standesgenossen diese höchsten Güter der Ritterlichkeit, und auch ich gönne sie Euch von Herzen.»

Mit einem Zug leerte Junker Hermann seinen umfangreichen Becher. Dann kehrte er sich rasch um, ging einige Schritte weg, legte sich in den Schatten einer Linde und schien sich um nichts mehr zu kümmern, was um ihn her vorging.

Die ganze Jagdgesellschaft pflegte nach und nach teils freiwillig, teils unfreiwillig der Mittagsruhe. Dem Bischof Johannes, der sich von den Jagdgenossen nicht trennen wollte, hatte man einen bequemen Lehnsessel gebracht, worin er bald leicht einschlummerte.

Als er so alles vom Schlaf beschwert wusste, stand Hermann leise auf und suchte seine beiden Treiberburschen Hans und Uli auf. Diese waren beide beim Gesinde des Grafen von Rotberg im Burghofe und hatten das köstliche Nass des gräflichen Kellers auch nicht verschmäht. Doch solche Burschen haben gute Nerven, und es braucht viel, bis sie die Kraft des Weines überwältigt. Beide mochten ahnen, warum der Junker sie aufsuchte. Sie gingen ihm entgegen. Leise flüsterten die drei lange miteinander. Da endlich, als bereits das erste Hornsignal zur Wiederaufnahme der Jagd gegeben war, sprach Hermann:

«Nun gut! Ich weise den Grafen Arnold auf die Fährte eines Hirschen, steige mit ihm den Wald empor gegen Blauenstein. Ihr sucht den jungen Arnold gen Hofstetten hinzulocken, einen Vorwand werdet ihr schon finden. Aber erst gegen Abend, damit man seine Abwesenheit nicht zu früh entdeckt.»

«Gut, Herr Ritter, alles soll geschehen, doch mit Verlaub zu fragen: Was gebt Ihr uns, wenn der Streich gelingt?»

«So, so, ihr Halunken, ihr denkt schon wieder an den Lohn, ans Fressen und Saufen natürlich!»

«Das auch, Herr! Aber so billig machen wir's heute nicht.»

Die beiden Burschen drängten Hermann nach bis über die Zugbrücke hinaus, gleich wie aufdringliche Bettler, oder vielmehr wie abgefehmte Spitzbuben, die ihrer Sache sicher sind. Es schien, dass sich in den Adern des Junkers das edle, adelige Blut doch etwas regte; denn er wurde über und über rot vor Zorn und innerer Entrüstung. Diese elenden Gauner wollten ihn jetzt ausnehmen, wenn er ihnen den kleinen Finger gibt, wollen sie die ganze Hand. Aber Hermann wusste ganz gut, dass es keinen andern Ausweg mehr gab, sollte er sich nicht selbst verraten oder verraten werden.

«Was wollt ihr denn!», rief er mit zornbebender Stimme.

«Jeder von uns will einen goldenen Becher und zwar heute Abend noch», sprach frech der Uli und streckte seinen langen, krummen Rücken kerzengerade, als wenn er alle schon erhaltenen Prügel von sich abschütteln wollte.

«Ich habe keine goldenen Becher, silberne könnt ihr haben», rief zornfunkelnden Auges der Junker.

«Ein Ritter, wie Ihr, muss goldene Becher haben», klang es trotzig zurück.

«Ihr elenden Lausbuben», zischte er, «ihr sollt die Becher haben!»

«Gut denn», sprach Hans triumphierend, «dann wird die Arbeit pünktlich geleistet.»

Der Junker verschwand gegen die Linde zu und die beiden Gauner lachten vergnügt ins Fäustchen. Die Jagdgesellschaft war bald zum Aufbruch gerüstet, und das fröhliche Jagen begann aufs Neue.

Der junge Graf Arnold ritt gegen Abend gestreckten Galoppes querfeldeinwärts über die Weideplätze und Rüttenen Richtung Sternenberg. Den ganzen Tag hatte er nach einem fetten Eber gesucht und keine Spur gefunden. Sein Wort wollte er aber doch einlösen. Endlich schien ihm das Glück hold zu sein. Jetzt war er einem schönen Tier auf der Spur, das ihm Hans aufgetrieben hatte. Soeben hatte dieser halbwegs dem Jüngling gemeldet, der Eber sei im Walde hinter Sternenberg verschwunden. Ohne sich weiter zu besinnen, ritt Arnold dort hin. Bald musste er absteigen, da der Kleinwald und das Gebüsch immer dichter wurden. Uli rannte herzu und anerbot sich, das Pferd zu führen, bis ein Bursche von Rotberg nachkomme. So näherten sich die beiden langsam der Burg Sternenberg von der obern Seite her. Nach einer Viertelstunde hatte sie auch der Hans eingeholt. Er riet, das Pferd an einen Baum zu binden, um rascher und ungehinderter dem Eber nachzukommen, man käme ja bald wieder an diese Stelle zurück. Also wurde das Reittier festgebunden. Ahnungslos war der junge Graf den beiden Schurken in die Falle gegangen. Nun lockten sie ihn immer näher gegen die Burg und waren schon ganz nahe, aber von einem Eber keine Spur. Da plötzlich stellte Hans dem Jüngling den Fuss. Er stolperte, stürzte aber nicht, sondern konnte sich noch an einem Baume halten. Da schoss es ihm wie ein Blitz durch den Kopf, dass er in eine Falle geraten sei, er erblasste, stand still und rief:

«Ha, ihr Schurken, was wollt ihr denn eigentlich!»

«Nichts weiter, mein junger Herr», entgegnete kühl der Hans, «als dass Ihr mit uns in die Burg hineinkommt.»

«In die Burg? Wo?»

«Hier vor uns ist Burg Sternenberg. Wollt Ihr mit uns durch die hintere Pforte eintreten oder nicht?»

Der Uli hatte unterdessen drei Mal einen schrillen Pfiff getan.

«Niemals, ihr elenden Schurken!», rief Graf Arnold, hob seinen Jagdspiess und schleuderte ihn mit aller Macht gegen Hans. Der aber wich geschickt aus, und die Waffe blieb in einem Baumstamme stecken. Da griff der Jüngling nach der Seite, um das Schwert zu ziehen, hatte aber nur ein kurzes Jagdmesser bei sich. Dieses schlug ihm der Uli blitzschnell aus der Hand, sodass es weit weg flog. Dann warfen die durchtriebenen Gauner den Wehrlosen zu Boden, und ehe er nur um Hilfe rufen konnte, war er geknebelt und gebunden. Darauf schleppten sie ihn zur kleinen, eisernen Pforte, die bereits offen stand. Dort wurde das Opfer wie eine leblose Ware in Empfang genommen. Hans wechselte mit einem finsteren Gesellen einige Worte, dann schloss sich die geheimnisvolle Tür wieder. Die Burschen schritten durch den Wald zurück, um zunächst das Pferd noch in Sicherheit zu bringen.

«Du, Hans», meinte der Uli, «das schöne Ross könnte unser Alter zu Hause auch brauchen.»

«Freilich», gab dieser schmunzelnd zurück, «aber jedermann kennt ja das Pferd des Grafensohnes.»

«Ja, das weiss ich schon, so dumm bin ich doch nicht. Aber ich meine, wir verstecken es irgendwo in einer Hütte und morgen reite ich damit nach Basel und verkaufe es einem Juden. Dann gibt's Geld für unsern Vater und natürlich zuerst für uns.»

Der Hans meinte nach einigem Nachdenken: «Das ist gut ausgeklügelt, aber – aber wo ist denn das Pferd? Hier ist doch der Baum, an dem es angebunden war!»

Tatsächlich musste es so gewesen sein; denn es war noch ein Stück des Halfterbandes am Stamm zurückgeblieben. Die Gauner hatten also das Pferd zu früh verkauft.

«Donnerwetter!», riefen beide miteinander. «Ist das dumm! Das Pferd ist durchgebrannt und könnte uns verraten.»

Der Uli kratzte sich hinter den Ohren und überlegte: «Das Ross ist sehr wahrscheinlich schnurstracks nach der Burg Rotberg gelaufen. Anfangs wird das nicht stark aufgefallen sein, da während der Jagd schon manches Pferd durchgebrannt ist. Wenn aber der junge Graf lange niemand nach seinem Reittier schickt oder ihm nicht selber nachgeht, wird das endlich auffallen, und dann beginnt das Nachsuchen.»

Hans hatte unterdessen das Halfterstück weggenommen und es im Boden verscharrt. Dasselbe hatte er schon vorher mit Spiess und Jagdmesser getan.

«Uli, du hast recht», sagte dann der Hans. «Aber nun wollen wir zunächst unsere Hunde wieder rufen und uns auf Umwegen unter die Treiber mischen. Die Jagd wird ja bald aus sein. Wir schauen dann, dass wir nicht gerade mit den Ersten in Flüh sind, dann sehen wir ja, was weiter kommt.»

So taten die beiden sauberen Brüder und befanden sich bald wieder im Jagdgetriebe, als ob gar nichts geschehen wäre.

Graf Jakob und Junker Hermann hatten eine grosse, schöne Hirschkuh erlegt, und die Diener hatten Mühe, sie fortzuschaffen. Nach Abbruch der Jagd waren die beiden Herren sofort dem Bischof nachgeritten, der in Begleitung von Burkhard von Landskron über den sog. Rain nach Flüe hinunter ritt. Auf diesem Wege umgingen sie die Talschlucht und liessen sie rechter Hand liegen.

Jakob von Rotberg dachte gar nicht mehr an seinen Sohn, bis er in Flüh eingeritten war. Dort frug er nach, ob Arnold noch nicht angekommen wäre. Da man es verneinte, forschte er nicht weiter; denn er dachte wohl, dieser werde bald nachkommen.

Die Mahlzeit war bereits zubereitet. Um Mittag schon hatte man Frau Helena das gewünschte Wildbret zugeschickt. Ein schöner Eber, von einem Basler Herrn erlegt, war auch darunter. Die Herrschaften tafelten im obern Saale des Badhauses, der sich über Küche und Trinkstube hinzog, während die Dienerschaft im Erdgeschosse teils drinnen, teils draussen Platz nahm.

Als man sich gesetzt hatte und allenthalben ein frohes Schmausen und Zechen angehoben hatte, wurde Graf Jakob immer unruhiger. Er konnte sich das lange Ausbleiben seines Sohnes ganz und gar nicht erklären. Da meldete man ihm, soeben sei ein Bauer mit dem leeren Pferde Arnolds angekommen, er habe es auf dem Felde unterhalb Rotberg eingefangen.

Erschrocken fuhr der alte Graf auf:

«Ist vielleicht meinem Sohne ein Unglück zugestossen? Was mag wohl das bedeuten?»

Die ganze Tischgesellschaft verstummte wie auf einen Schlag. Der Herr Bischof nahm zuerst wieder das Wort und sprach:

«Man muss nicht immer das Schlimmste annehmen. Schickt schnell einen Retter nach Rotberg, wahrscheinlich ist der junge Graf nach Hause zurückgekehrt, und sein Pferd ist unserer Spur nachgegangen.»

«Mag sein», meinte der Graf, «dann hat er aber gegen meinen ausdrücklichen Befehl gehandelt, was ich von ihm sonst nicht gewohnt bin.»

Ein Ritter aus dem Gefolge Burkhards anerbot sich, so rasch als möglich nach Rotberg zu reiten. Bis er wiederkomme, solle man guten Mutes sein. Er galoppierte davon und nahm den nächsten Weg durch die Talschlucht.

Nun folgten lange, bange Augenblicke des Wartens auf die Rückkehr des Boten. Seine Nachricht lautete beängstigend genug: Nirgends habe er etwas über Arnold erfahren können, niemand wolle ihn gesehen haben.

Da trat eine allgemeine Verwirrung und Bestürzung ein. Man riet hin und her, tauschte Vermutungen aus. Über eines waren sie alle klar: Man müsse den jungen Grafen sofort suchen, alles, was irgendwie gehen könne, müsse auf die Beine. Graf Jakob selbst ordnete alles Nötige an. Er selbst wolle nach der Burg Fürstenstein reiten, um zu sehen, ob der Jüngling beim dortigen Vogte eingekehrt sei.

Dem Bischof Johannes wurde es ungemütlich. Er empfahl sich, da es schon spät sei und er doch nicht in der Lage wäre, irgendetwas zu helfen. Junker Hermann anerbot sich, den Kirchenfürsten nach der Burg Pfeffingen zu begleiten, bis Fürstenstein sei Graf Jakob auch noch dabei. Und dann, wenn seine Aufgabe gelöst sei, wolle er den jungen Grafen suchen helfen, «sei es bis ans Ende der Welt», fügte er heuchlerisch hinzu. Der Bischof nahm das Anerbieten an.

Graf Burkhard von Landskron schlug vor, sofort einen Boten nach Basel zu senden, um den Ratsherrn Werner, den älteren Sohn Jakobs, vom geheimnisvollen Verschwinden seines Bruders in Kenntnis zu setzen. Er selbst leitete die Nachforschungen im Gebiete von Rodersdorf, Metzerlen und bis zum Blauenstein hinauf.

Auch Heinrich, der Flühschmied, war mit seinen beiden Söhnen erschienen und wollte die Gegend kreuz und quer durchstöbern. Dem grossen Manne mit dem hünenhaften Äusseren standen die Tränen in den Augen; denn aufrichtig bedauerte er das Unglück des alten Grafen, an dem er mit Treue und Ergebenheit hing.

So folgte dem fröhlichen Jagdtag ein trauriger Abend.

3. Kapitel

Das war eine unruhige Nacht für die Bewohner des Leimentales. Das ganze Land wurde mit Laternen, Kerzen und Pechfackeln durchsucht: Wald und Feld, Höhen und Tiefen, Berg und Tal. Aber vom Grafensohn fand man keine einzige Spur. Der Jüngling war verschwunden, als ob ihn die Erde verschlungen hätte. Die seinen Aufenthaltsort wussten, suchten am eifrigsten mit. Es dürfte gegen Mitternacht gewesen sein, als Junker Hermann nach Sternenberg zurückkehrte.

Die allgemeine Verwirrung in Flüh war für ihn das sichere Zeichen, dass Hans und Uli sich ihres Auftrages glatt entledigt hatten. Der Junker empfand darüber eine wilde Freude, liess sich aber nicht das Geringste anmerken, sondern heuchelte dem unglücklichen Vater gegenüber aufrichtiges Beileid und sprach wohl ein Wort des Trostes. Hans und Uli erboten sich, sofort Fa-ckeln und Laternen herbeizuschaffen.

Schliesslich, als die Gelegenheit günstig war, machten sich beide aus dem Staube und kehrten in ihre Hütten unterm Sternenberg zurück.

«Du, Hans», sprach der Uli, «wenn die ganze Geschichte auskäme, ich glaube, wir würden um einen Kopf kürzer gemacht oder so zwei, drei Ellen weiter emporsteigen als gewöhnliche Leute, hast du auch schon daran gedacht?»

«Ich an so was denken!», lachte Hans zurück, «das fällt mir gar nicht ein. Erwischen werden sie uns auf keinen Fall, wir werden uns schon herauslügen. Aber der schäbige Junker, der könnte sich unter Umständen den falschen Finger verbunden haben.»

«Wie meinst du das, Hans?»

«Ja, erstens, wenn er uns diesmal den versprochenen Lohn, die goldenen Becher, nicht gibt, handelt er uns gegenüber sehr unklug; denn dann vergisst er zweitens, dass jeder von uns einen Mund und der Graf von Rotberg zwei Ohren hat.»

Zu diesen Worten machte der Hans eine hochpfiffige Miene, stolperte dann aber über seine eigenen Füsse und hielt sich an seinem Bruder.

Der Uli erwiderte nachdenklich: «Du wirst ihn doch nicht verraten wollen, sonst verrät er auch uns: Mitgegangen, mitgefangen, mitgehangen, Hans, denk an diesen Spruch.»

«Ach was, wir müssen es nur recht schlau anstellen. Übrigens wird uns der Junker morgen die Becher geben, er hat sie nämlich in Rotberg – gestohlen! – wie ich nach unserer Unterredung dort oben zufällig gesehen habe. Als sich nämlich alles zum Aufbruch rüstete, hat er in der Jagdtasche einige solcher schimmernder Dinger unbemerkt verschwinden lassen. So etwas sieht natürlich nur einer, der Hans heisst, was! Hab ich es dir nicht schon erzählt? Was!»

Beide brachen in ein schallendes Gelächter aus: «Wirklich ein feiner Junker, der Hermann, ha, ha, ha ... Zuerst lässt er dem Grafen den Sohn stehlen und dann stiehlt er ihm auch noch den Lohn, um seine Angestellten, das heisst doch wohl uns, bezahlen zu können ... Ha, ha, ha!»

Die beiden rohen Burschen traten lachend und schwankend in ihre Hütte, warfen sich neben der Küche auf ihre Laubsäcke und schliefen augenblicklich ein. Es war schon ziemlich spät geworden und die schweigende Nacht lag wie eine Zentnerlast auf dem engen Tal zwischen Flüh und Hofstetten.

Und inmitten dieser Dunkelheit schlug bang ein Herz hinter den unbarmherzigen Burgmauern Sternenbergs in feuchtkalter Kerkerluft, das arme des gefangenen Grafensohnes Arnold. Er wusste immer noch nicht recht, ob er wache oder träume. Alles war so urplötzlich gekommen. Erst noch hoch zu Ross auf der frohen Jagd, jetzt in einem tiefen Keller ohne Licht und Luft. Doch im gefürchteten Verliess war er nicht, das hatte er nach einiger Zeit herausgefunden; denn oben war in der Mauer ein kleines Fensterloch und hineingeschoben hatte man ihn durch eine Türe. Er war also nicht im eigentlichen grossen Burggebäude, sondern in einem Nebenturme, wahrscheinlich über dem Tore der Zugbrücke. Zwischen diesem und dem eigentlichen viereckigen Burgturme lag, wie er wohl wusste, der Burghof. Ringsum war eine Mauer, an deren innerer Seite die Wohnungen der Knechte und die Stallungen der Pferde angebaut waren. Dem Jünglinge in seinem tiefen Elende war diese Wahrscheinlichkeitsrechnung ein kleiner Hoffnungsschimmer. Ferner, da man ihn nicht getötet noch verwundet hat, wird man etwas anderes mit ihm beabsichtigen, vielleicht eine Erpressung versuchen. Aber wie arm und elend ist er in diesem Loch und wie lange muss er wohl dableiben?

Arnold sass auf einem Stein und weinte. Die Fesseln hatten sie ihm gelöst, aber wozu auch? Er kann ja seine Glieder doch nicht gebrauchen!

«Ach, mein armer Vater!», seufzte er laut auf, «wie wird er jammern und weinen um mich. Die ganze Nacht wird er mich suchen, aber doch nicht die leiseste Spur finden. Die beiden gedungenen Burschen kennen ihr scheussliches Handwerk zu gut und werden ohne jeden Zweifel auch den entferntesten Anhaltspunkt, der meinen Aufenthaltsort verraten könnte, ausgelöscht haben.»

Dann sprang der Jüngling plötzlich in die Höhe, stampfte auf den Boden und schrie: «Herr Junker, warte nur, die Rache wird nicht ausbleiben!» Dann aber sann er wieder: «Rache? Wie könnte ich Rache nehmen? Oder wer wird sich an meinen Feinden rächen, die ja niemand kennt? Ach, ich bin ja lebendig begraben.»

Arnold setzte sich wieder auf seinen Stein in tiefes Grübeln und Brüten versunken. Ist sein Leben schon zu Ende? Gibt es für ihn kein irdisches Glück an der Seite eines holden Wesens. Zwar, an irdische Liebe hat er bis jetzt nicht gedacht, es war ja bis anhin noch zu früh. Aber, ob vielleicht doch irgendwo für ihn ein Herz in bräutlicher Liebe schlägt?

Wie war gerade heute Morgen das Benehmen Maries so sonderbar? Doch, das könnte nicht sein, sie ist eine Bürgerstochter und er ein Grafensohn. Fort mit solchen Gedanken! Schliesslich dachte der fromme Jüngling an den allmächtigen Gott, der auch in die tiefste Kerkernacht hineinsieht, gleich als wäre es der hellste, lauterste Tag. Er faltete die Hände und fing an zu beten. Allmählich wurde es ihm milder ums Herz, die gereizte Stimmung schwand und mit dem Gedanken: «Ich bin in Gottes Hand», schlummerte er ein auf seinem Steine, träumte von der fröhlichen Jagd, vom wilden Eber, vom Maiglanz des Leimentales.

Da plötzlich erwacht er und tut einen Schrei und springt erschreckt auf. Wirklich, da steht er vor ihm, der Junker Hermann von Sternenberg. Er hat eine Kerze in der Hand und hat ihm vorhin ins Gesicht geleuchtet.

Der lacht höhnisch auf:

«Gut geschlafen, Herr Graf? Ei, ei, wie geht es denn im neuen Heim?»

Der Jüngling ist so überrascht von dieser Gemeinheit, dass er keine Silbe erwidern kann.

«Ihr seid doch der Graf Arnold von Rotberg, nicht wahr, oder habe ich mich geirrt?»

«Ja, ich bin es, Herr Ritter», bringt jener endlich mit bebender Stimme hervor, «aber dieser Spott über einen armen Gefangenen ist nicht ritterlich.»

«Noch so stolz, Herr Graf von Rotberg? Wisst Ihr nicht, dass Euer Leben in meiner Hand ist? Ich muss sie nur schliessen und dann – ist es nicht mehr …»

«Junker Hermann, mein Leben ist in Gottes Hand, nicht in Eurer Hand. Er lässt den Unschuldigen nicht untergehen.»

«Ei, ei! An Euch ist ein Predigerpfaff verloren gegangen», höhnt der Junker weiter.

Eigentlich ist er gekommen, um sich an der Verzweiflung des jungen Grafen zu weiden. Da er ihn aber so gefasst und zuversichtlich findet, wird er etwas ernüchtert und nachdenklich.

Arnold aber fährt fort:

«Herr Ritter, sagt einmal, warum habt Ihr mich in diesen Turm sperren lassen? Was habe ich Euch zuleide getan?»

«Ihr habt mir bis jetzt nichts zuleide getan. Aber Euer Vater, Eure Gilde, der Bischof und die ganze Sippschaft der höfischen Schmarotzer saugen uns arme Junker bis aufs Blut aus. Ihr hättet es später auch getan. Dem bin ich aber zuvorgekommen, und darum seid Ihr hier.»

«Das ist's also! Meinen späteren bösen Taten seid Ihr zuvorgekommen, und für die muss ich jetzt schon büssen, ehe ich sie getan! Herr Junker, nennt Ihr das Gerechtigkeit?»

Hermann kommt immer mehr in Verlegenheit. Solche Sicherheit und Kühnheit hat er am jungen Grafen von Rotberg nicht vermutet. Er sagt kein Wort mehr, sondern wendet sich ab, verschwindet durch die niedrige Eisentür.

Bald darauf aber bringt der Gefängniswärter ein Bündel frisches Stroh, einen Krug Wasser, Brot und sogar noch ein grosses Stück Käse. Oben durch das Fensterchen stiehlt sich ein kleiner Sonnenstrahl hinein und zerteilt sich an den grauen, feuchten Felswänden. Es ist gerade so, als ob ein Hoffnungsschimmer in das Kerkerloch eingezogen wäre. Oder ist es vielleicht nur die trügerische Hoffnungsspanne einer Galgenfrist?

Als Arnold wieder allein war, setzte er sich von neuem auf seinen harten Stein und seufzte:

«Draussen ist wieder ein strahlender Maientag aufgegangen, und der Mai meines Lebens muss vielleicht in diesem Kerkerloch vermodern. Ach Gott, hilf!»

Heinrich, der Flühschmied, war mit seinen beiden Söhnen erst heimgekommen, als der Hahn den neuen Tag bereits angemeldet hatte. Sie pflegten noch einige Stunden der wohlverdienten Ruhe, bis die Morgensonne sie zu neuem Tagwerk rief. Eine grosse Schüssel Mehlsuppe mit Schwarzbrot stand auf dem Eichentische in der Küche und lud die Familienglieder zum Frühstück ein. Gesprochen wurde nicht viel. Die Aufregung der letzten Nacht lag noch bleischwer auf allen Gemütern.

Frau Helena brach endlich das Stillschweigen und fragte:

«Habt ihr gar keine Spur von Graf Arnold entdeckt?»

«Nicht die geringste», antworteten Dido und Hugo miteinander.

«Hat man das Pferd untersucht, weist es nicht Spuren irgendeines Kampfes auf?», forschte die kluge Frau weiter.

Hugo entgegnete: «Das Pferd scheint irgendwo angebunden gewesen zu sein, denn es hat die Halfter zerrissen. Aber wo es war, konnte man bis jetzt nicht finden. Sonst aber ist am Reittier nichts aufgefallen.»

«Sonderbar, sonderbar», murmelte Mutter Helena und schüttelte nachdenklich den Kopf.

Der Vater sass in Gedanken versunken da und hatte bis jetzt keine Silbe gesprochen. Etwas Besonderes schien ihn zu drücken. Aber ihn danach zu fragen, wagte niemand. Wussten doch alle, wie sehr er am Grafen Jakob und seiner Familie hing und wie daher ihr Unglück auch das seinige war.

Am sonderbarsten benahm sich Maria. Die Jungfrau hatte rotgeweinte Augen und sah ganz angegriffen aus. Das geheimnisvolle Verschwinden des Grafensohnes musste ihr sehr nahe gegangen sein. Helena warf hin und wieder einen forschenden, fragenden Blick nach ihrer Tochter, sagte aber nichts, denn sie wollte warten, bis sie allein mit ihr wäre.

Der Schmied stand plötzlich auf, gab seinen Söhnen einige Befehle betreffs der Arbeit in der Schmiede und erklärte dann kurz, er müsse augenblicklich nach Rotberg zum Grafen, er hätte ihm etwas Wichtiges zu sagen. Dann ging er in seine Kammer, die im Wohnhaus zu ebener Erde lag. An das eigentliche Bad- und Gastgebäude war nämlich die Wohnung der Familie angebaut und bildete mit diesem einen rechten Winkel. Die geräumige Küche war so eine Art Vorraum und der gewöhnliche Aufenthaltsort der Familienglieder und des Gesindes, das auch zur Familie gezählt wurde.

Als Heinrich wieder zurückkam, kannte man ihn beinahe nicht mehr, ein solch stattlicher Mann war er geworden. Er trug Kleider wie ein Ritter, einen Wams aus dunklem Samt, enge Beinkleider und weisse, oben weite Stiefel und eine Mütze mit Feder. Um die Lenden hatte er einen breiten Ledergurt mit einem Degen. So pflegte er sich nur zu kleiden an Sonn- und Festtagen zum Kirchgang nach Hofstetten oder wenn er dienstlich vor seinem Herrn erscheinen musste. Wirklich, der Flühschmied war eine ganz stattliche Persönlichkeit. Man munkelte allgemein, er sei eigentlich ein berühmter Ritter aus Süddeutschland, der wegen einer unglücklichen Fehde auswandern musste. Aber etwas Sicheres wusste man nicht über den langen Heinrich, der vor etwa zwanzig Jahren das Badhaus und die Schmiede in Pacht genommen und in der Folge nur der Flühschmied genannt wurde. Graf Jakob, der sein Lehensherr war, musste ohne Zweifel mehr über seine Herkunft und Geschicke wissen. Als Schmiede waren er und seine Söhne überaus tüchtig. Sie betätigten sich als Huf-, Waffen- und Goldschmiede, arbeiteten oft in der Stadt und waren alle drei von der Schmiedezunft als «zunftmässig» anerkannt.

Als der Schmied eben im Begriffe war, das Haus zu verlassen, sprang ihm plötzlich Marie, seine Tochter, entgegen und bat:

«Vater, lass mich mit dir gehen, ich muss dem Grafen auch etwas sagen.»

Heinrich blickte sie erstaunt und forschend an. Sie aber flehte noch dringender, indem sie seine Hand ergriff:

«Vater, lass mich mitgehen!»

Da sprach er etwas zögernd:

«Nun denn, so mach dich bereit. Ich wäre zwar gern allein gewesen, aber ihr Weiber mischt euch ja in alles hinein.»

Marie hörte die letzten Worte nicht mehr, sie war schon in ihrem Kämmerlein verschwunden.

Frau Helena trat zu ihrem Manne und meinte:

«Ich kann mir gar nicht erklären, was unsere Marie hat, seit gestern Abend ist sie ganz verändert.»

«Auf dem Wege nach Rotberg wird sie es mir sicherlich mitteilen, ich vermute, es handle sich um den Grafen Arnold. Sein Verschwinden ist ihr so zu Herzen gegangen.»

«Hat sie sich vielleicht Hoffnung gemacht auf den jungen Grafen? Das ist aber doch unmöglich! Sie weiss ja, dass eine Bürgerstochter und ein Grafensohn nicht zusammenpassen. Wenn sie wüsste, dass wir aus adeligem Geblüte sind, wäre dies vielleicht denkbar.»

«Nein, sie weiss bis jetzt nichts», erwiderte der Schmied bestimmt. «Aber adelige Gesinnung und adeliges Blut finden immer ihresgleichen, das werden wir unsern Kindern nicht verwehren können. Wir müssen ihnen einmal offen die Wahrheit mitteilen, sonst könnte es noch ein Unglück geben.»

Ängstlich klammerte sich Helena an ihren Gatten und schaute ihn flehentlich an. Heinrich gab ihr ein Zeichen zu schweigen, denn Marie war reisefertig und trat herzu.

«Gehen wir, Vater», sprach sie halblaut. «Liebe Mutter, wir werden bald wieder hier sein.»

Helena sprach:

«Geht in Gottes Namen, seine Hand beschütze euch!» Das war der besorgten Mutter Reisesegen.

Schweigend schritten Vater und Tochter längere Zeit nebeneinander, beide im Nachdenken versunken. Sie nahmen den Weg durch die Waldschlucht, die gestern zur gleichen Stunde die fröhliche Jagdgesellschaft hatte durchziehen sehen.

Da blieb Marie plötzlich stehen, hielt die Hände vor das Gesicht und fing bitterlich zu weinen an.

«Marie, was fällt dir denn eigentlich ein?», frug erstaunt der Schmied. Er ahnte wohl die Ursache dieser

Tränen, forschte aber weiter: «Sage mir einmal aufrichtig, was dir auf dem Herzen liegt. Dein Wesen ist ja seit gestern vollständig verändert!»

Die Tochter schaute ihren Vater mit tränenfeuchten Augen an und sprach mit klagender Stimme:

«Viel, sehr viel liegt mir auf dem Herzen. Darf ich es wohl sagen, Vater?»

«Ja, mir darfst du es ohne Bedenken sagen. Oder willst du es zuerst lieber fremden Menschen mitteilen?»

«Nun denn, ich will es dir sagen. Gestern Abend, als ihr alle fortgegangen wart, um den Vermissten zu suchen, kamen die beiden Buben des Sternenbergbauern in die Gaststube und fingen an zu trinken und zu zechen, wie man's nur tun kann. Als sie angeheitert waren und nicht mehr recht wussten, was sie schwatzten, fingen sie an über den Junker von Sternenberg zu wettern und zu schimpfen. Unter anderem sagten sie auch, der Junker sei ihnen noch zwei goldene Becher schuldig, die er ihnen für die heutige Leistung versprochen habe. Er hätte zwar gesagt, zu Hause habe er keine goldenen Becher, aber – so sprach wörtlich der Hans: ‹Der Junker hat in Rotberg zwei grosse goldene Becher gestohlen und sie in die Jagdtasche gesteckt, ich habe es mit eigenen Augen gesehen.› So sprach oder vielmehr lallte der betrunkene Bursche. Der Uli schien davon keine Notiz zu nehmen; denn bald darauf nahm er ihn am Arm, und beide schwankten miteinander nach Hause.»

Mit wachsendem Erstaunen hatte Heinrich zugehört. Jetzt schien ihm allgemach etwas Licht in die dunkle Sache zu kommen. Rasch frug er:

«Haben sie nicht gesagt, welche Arbeit sie geleistet hätten?»

«Nein! Der Uli, der noch etwas nüchterner war, drängte, wie gesagt, zum Aufbruch, sonst hätte es der andere vielleicht noch verraten. Ich stand um die Ecke hinter ihnen, sodass sie mich nicht sehen konnten. Gern hätte ich sie nach ‹dieser Leistung› gefragt, aber ich hielt es für klüger, verborgen zu bleiben.»

Der Schmied betrachtete seine Tochter mit erstaunten Blicken, sodass sie ganz unsicher wurde und verlegen fragte:

«Hab ich denn nicht recht getan, Vater?»

«Doch, doch, mein Kind, du hast klug gehandelt! Und hast du keine Ahnung, was die beiden Burschen des Junkers Hermann für eine Arbeit geleistet haben könnten?»

Marie schwieg verlegen und wurde über und über rot. Dann meinte sie halblaut:

«Es ist mir allerdings der Verdacht aufgestiegen, als ob die beiden Bauernburschen auf Geheiss des Junkers den Grafen Arnold gefangen oder ermordet haben könnten. Aber so etwas darf man doch nicht denken, das ist doch nicht recht, Vater!»

Die Tochter presste wieder die Hände vor das Gesicht und weinte laut auf.

«Nun fasse dich, Marie», nahm er nach einer Pause das Wort, «ich will dir auch etwas erzählen. Gestern Morgen, als die Jagdgesellschaft dem Walde zuritt, trat ich vor die Schmiede, um dem Zuge nachzusehen. Da bemerkte ich gerade noch, wie der Junker von Sternenberg draussen hinter der Werkstatt die beiden Burschen verabschiedete. Er musste sich vorher schon längere Zeit mit ihnen unterhalten haben. Die beiden, oder vielmehr alle drei, machten so spitzbübische Gesichter, dass ich unwillkürlich Angst bekam, sie hätten euch drüben etwas Böses zugefügt oder würden es noch tun. Darum bin ich schnell hinübergekommen, um nachzusehen, und tat dies tagsüber mehrere Male. Aber stets war alles in Ordnung. Nun aber ist Graf

Arnold abends verschwunden, und an demselben Abend sagen die Burschen, dass sie für ihre Tagesarbeit zwei goldene Becher verdient hätten, und die soll der Junker dem Grafen von Rotberg gestohlen haben! Sind das nicht sonderbare Dinge? Lassen sie nicht den berechtigten Schluss zu, dass dies alles mit dem Verschwinden des jungen Grafen zusammenhängt?»

Marie war es jetzt viel leichter ums Herz geworden, da sie sich ausgesprochen hatte. Aber etwas konnte sie nicht los werden, die Furcht nämlich, dass Arnold vielleicht ermordet worden sei. Dieser Gedanke war ihr unerträglich, und sie wünschte lebhaft, dass sie in diesem Falle auch bald sterben könnte. Die Liebe zum jungen Grafensohne hatte in ihrer Seele tiefe Wurzeln gefasst, ohne dass sie sich zur Stunde darüber klare Rechenschaft hätte geben können.

4. Kapitel

Die Burg Rotberg lag friedlich da, eingebettet in das frische Grün des Frühlings. Der massive Turm schien einen Heiligenschein zu tragen, weil die Morgensonne ihm eine eigentümliche Feierlichkeit verlieh. Wenn man über die Zugbrücke in den Burghof trat, vermeinte man beinahe in eine neue Welt zu kommen. Es war so düster und kalt hier innen, dass einem schauderte. Auch die Knechte Wohnungen und Stallungen, die den hohen Burgmauern entlang gebaut waren, machten denselben kalten Eindruck. Den Abschluss des Hofes bildete der weite, viereckige Turm, die eigentliche Wohnung des Burgherrn. Er hatte ein Erdgeschoss und drei Stockwerke. Das erste hatte keinen äusseren Zugang, sondern man stieg vom ersten Stockwerk aus von innen hinunter. In diesem Erdgeschoss befanden sich der Weinkeller und die Kerker. In einer Ecke war der Sodbrunnen und daneben in schauerlicher Tiefe das sogenannte Verliess, in das man die unglücklichen Gefangenen an Stricken herabliess, um sie meistens einem elenden Hungertode preiszugeben. Diejenigen, welche nicht für dieses schreckliche Los bestimmt waren, wurden in den oberen Kerker geworfen.

Das erste Stockwerk erreichte man vom Burghofe aus mittels einer Holztreppe, die zu einer Tür führte, die etwa vier bis fünf Meter über dem Erdboden in die Mauer eingelassen war. Dieser Raum war die Küche und zugleich die Wohnung des weiblichen Hausgesindes. In grossen Wandschränken waren dessen Betten und Habseligkeiten aufbewahrt und tagsüber verborgen. Von hier aus stieg man auf einer Wendeltreppe hinauf in das Wohngemach des Burgherrn und seiner

Familie. Auch hier war keine Zimmereinteilung, sondern der Raum erstreckte sich auf das ganze Geviert des Turmes. In der Mitte stand ein ungeheurer Ofen mit Sitzen ringsum. Hier ebenfalls waren die Lagerstätten der Familienglieder in die Wände eingelassen, und in Mauerschränken waren ihre Gerätschaften und Kostbarkeiten verwahrt. Allerdings gab es in den dicken Mauern neben und unter den Fenstern noch verschiedene grosse Räume, in denen sich besonders die Kinder und Frauen der Burg gern aufhielten.

Noch einen Stock höher hinauf führte die Wendeltreppe in den sogenannten Rittersaal, auf dessen würdige Ausstattung die Grafen von Rotberg von jeher viel Zeit und Geld verwendeten. Gegenüber der Treppe war ein grosses Kamin in die Wand eingelassen. Rechts und links davon grüssten aus lebensgrossen Ölgemälden die beiden Stammherren derer von Rotberg, die Ritter Ulrich und Johannes. Die Wände waren geschmückt mit kostbaren Rüstungen und einzelnen kunstvollen Helmen, Schilden und Schwertern. Die Fenster waren hier etwas grösser als in den untern Stockwerken. Bunte Glasscheiben liessen ein gedämpftes Licht in den Raum eindringen. Dieser reiche Saal diente dem Empfang vornehmer Gäste, festlichen Gelagen und Mahlzeiten.

Die Treppe endigte endlich oben auf der Zinne, wo der Burgwärter seinen Standort hatte. Diesem oblag es, dem Burgherren alles mitzuteilen, was er rings um die Burg Erfreuliches oder Verdächtiges wahrnehmen konnte.

Graf Jakob von Rotberg sah im Wohnraume in einem grossen, hölzernen Lehnsessel und brütete seit einigen Stunden schweigend vor sich hin. Als er nach Mitternacht vom vergeblichen Suchen seines vermissten Sohnes zurückgekehrt war, hatte er sich erschöpft in diesen Sessel geworfen, ohne sich umzukleiden und schien mehr tot als lebendig. Seine Tochter Kunigunde sass neben ihm auf einem niedrigen Schemel, hatte rotgeweinte Augen, aufgelöstes Haar und bot in ihrem weissen wallendem Kleide ein Bild der höchsten Ratlosigkeit, ja Verzweiflung.

Die Morgensonne traf das Gesicht des Grafen mit einem hellen, lachenden Strahle. Da hob er sein gesenktes Haupt und sprach mit matter Stimme:

«Ich erwarte jeden Augenblick meinen Sohn, Werner von Basel. Graf Burkhard hat ihn benachrichtigt. Er soll mir raten und helfen, ich weiss keinen Ausweg mehr.»

«O Arnold», seufzte Kunigunde auf, «wo magst du jetzt wohl sein? Im glücklichen Jenseits oder in einem schaurigen Verliess?»

Diese Klage ging dem alten Grafen zu Herzen, und er fand die tröstenden Worte:

«Du darfst nicht so mutlos sein, Kunigunde. Irgendeine Spur von ihm müssen wir schon noch finden. So spurlos kann doch kein Mensch von der Erde verschwinden.»

«Meinst du, Vater, es sei doch eine Hoffnung, meinen Bruder doch noch lebendig zu finden?», frug leise aufatmend die Tochter.

«Man muss manchmal hoffen gegen die Hoffnung, das Leben zwingt uns dazu.»

In diesem Augenblick gab der Turmwächter ein Zeichen, dass sich ein Besuch nahe.

Jakob stand mühsam auf und sprach:

«Sicher wird es Werner sein. Der Gute muss sich allerdings sehr beeilt haben.»

Man meldete aber bald vom Hofe her, der Flühschmied und seine Tochter seien angekommen und wünschten den Grafen zu sprechen.

Ein Schatten der Enttäuschung flog über die abgehärmten Gesichter der beiden. Schon wollte Jakob den Befehl geben, es seit jetzt unmöglich, ihn zu sprechen, sie sollten später einmal kommen. Da sagte Kunigunde:

«Wenn Marie mit ihrem Vater so zu früher Morgenstunde nach Rotberg kommt, so muss sie etwas Wichtiges haben. Ich liebe die gute, stille Frau, Vater, lass die beiden einmal heraufkommen.»

«Nun denn, sie sollen kommen», sprach der Graf etwas unwillig zum Diener. Der Mann ist ja gern allein mit seinem Schmerze. Kunigunde beeilte sich, ihr Äusseres etwas in Ordnung zu bringen. Sie zog sich in eine Fensternische zurück.

Schon hörte man unten auf der Wendeltreppe die schweren Schritte des Schmiedes. Die hölzernen Stiegentritte stöhnten und ächzten unter der Last des riesigen Mannes. Marie schritt leichtfüssig hinter ihm her. Graf Jakob erwartete sie bei der Treppe stehend:

«Guten Tag, Heinrich und Marie! Was führt Euch so früh zu mir herauf?», begrüsste er die beiden, ihnen freundlich die Hände reichend.

Der Schmied stand in seiner ganzen Länge da, hielt die befederte Mütze in der Hand und sprach:

«Herr Graf, wir möchten etwas mit Euch reden wegen Eures Sohnes Arnold. Ich habe zwar mit meinen Söhnen auch die ganze Nacht vergebens nach ihm gesucht, aber nun haben wir beide verschiedene Vermutungen, die wir Euch mitteilen möchten, vielleicht führen sie Euch auf eine sichere Spur.»

Da rief der Graf: «Kunigunde, komm und hör einmal, Heinrich bringt uns gute Botschaft!»

Rasch stand sie neben ihrem Vater, begrüsste die Ankömmlinge mit leichtem Händedruck und lauschte mit gespannten Zügen. Graf Jakob hiess die beiden sich setzen, während er und seine Tochter ihre gewohnten

Plätze wieder einnahmen. Heinrich und Marie erzählten nun abwechslungsweise in gedrängter Rede ihre Wahrnehmungen. Als die Jungfrau den Diebstahl der Becher erwähnte, rief Kunigunde:

«In der Tat werden zwei sehr wertvolle goldene Becher vermisst. Man hatte einen Knecht in Verdacht, ihn festgenommen und verhört, allerdings, wie ich jetzt begreife, ohne Erfolg.»

«Wenn die beiden Burschen die Wahrheit sagten, dann ist Hermann wahrhaftig ein Raubritter», sprach der Graf. «Aber die Becher sind ja schliesslich Nebensache. Es fragt sich nur, was es damit für eine Bewandtnis hat und was der Junker am Morgen vor der Jagd mit den beiden Burschen abgemacht hat.»

Graf Jakob war aufgestanden und ging mit grossen Schritten unruhig auf und nieder. Je mehr er sann, desto einleuchtender schien ihm die Vermutung zu werden, der Junker von Sternenberg hätte seinen Sohn während der Jagd in eine Falle locken, überfallen und gefangen nehmen lassen. Es kam ihm jetzt auch etwas sonderbar vor, dass ihn Hermann so weit gegen Blauenstein hinaufführte, um dort Hirsche zu erjagen.

Der Flühschmied meinte:

«Über die beiden Buben und den Junker Hermann munkeln die Leute schon lange allerhand Böses. Die Überfälle auf Kaufleute, die in der letzten Zeit zwischen Witterswil und Bättwil, und auf dem Waldwege zwischen Ettingen und Hofstetten vorgekommen sind, schreibt man allgemein Hermann und seinen Helfershelfern zu. Daher ist die Vermutung, die wir wegen Arnold hegen, gar wohl berechtigt.»

«Donnerwetter!», rief plötzlich der Graf erregt, «ich lasse Sternenberg heute noch von meinen Leuten plötzlich überfallen und dem Erdboden gleichmachen, dann wird mein Sohn wieder zum Vorschein kommen!»

Dabei machte er eine drohende Handbewegung gegen Sternenberg hin.

Heinrich aber schüttelte den Kopf und meinte:

«Wir dürfen uns nicht überstürzen, Herr Graf, sonst könnten wir den Jüngling selber in Todesgefahr bringen. Denn einerseits werden sich der Junker und seine Leute vorgesehen haben und sich die Beute ohne Kampf nicht entgehen lassen. Anderseits würde die brennende, zusammenfallende Burg den Gefangenen begraben, und wir könnten ihn als Leiche unter den Trümmern hervorziehen. Hier heisst es langsam und sehr vorsichtig zu Werke gehen.»

«Ihr habt recht, Heinrich», antwortete kleinlaut der Graf. «Wenn Arnold auf Sternenberg gefangen liegt, dann heisst das mit grösster Klugheit zu Werke gehen. Aber wie? Habt Ihr einen Vorschlag?»

«Ich meine so: Ich suche vor allem die beiden Burschen in Flüh drunten in meine Gewalt zu bringen. Sie müssen mir sagen, wofür Hermann ihnen die beiden Becher versprochen habe, ich zwinge sie einfach zum Geständnis; denn ich werde schon Mittel und Wege finden, ihnen die Zunge zu lösen. Falls sich dann herausstellt, dass der junge Graf auf Sternenberg gefangen liegt, dann müssen mir die beiden den geheimen Zugang zum Schlosse zeigen, der von oben her in den Hof führen soll. Dann werde ich nachts mit meinen beiden Söhnen das Raubnest heimlich überfallen und ausnehmen. Ihr könnt mir zur Vorsicht noch einige Kriegsknechte zur Verfügung stellen. Den Junker Hermann werden wir womöglich lebendig fangen und Euch einliefern. So, meine ich, werden wir Arnold am besten und ohne Gefährdung des Lebens befreien können.»

«Gut ausgedacht, Heinrich!», sprach der Graf, indem neue Hoffnung in seiner Seele zu erwachen schien. «Aber es sollte alles möglichst rasch geschehen, damit der Junge keinen grössern Schaden nimmt, und zwar, wenn immer möglich, die nächste Nacht. Mein Sohn Werner wird bald von Basel hier sein, ihm werde ich die Sache sofort mitteilen, damit er Euch durch Rat und Tat unterstützen kann.»

Es wurden noch einige Einzelheiten besprochen, besonders wie man sich des listigen Junkers bemächtigen könne, wenn er sich vielleicht aus dem Staube machen sollte.

«Jedenfalls», meinte Graf Jakob, «steckt die Partei der Sternenjunker dahinter, dessen können wir beinahe gewiss sein, und wer weiss, ob sie nicht auf unsere Gilde der Papageien einen Druck ausüben wollen. Das könnte noch unabsehbare Folgen haben. Darüber werde ich mit meinem Sohne Werner sprechen. Es ist gut möglich, dass er unter der Basler Ritterschaft eine verdächtige Strömung entdeckt hat.»

Heinrich und seine Tochter verabschiedeten sich nach diesen eingehenden Beratungen. Kunigunde umarmte Marie voller Rührung und küsste sie auf die Stirne, als ob zwischen ihnen jeder Standesunterschied aufgehoben wäre. Die Grafentochter mochte einige Jahre älter sein, wenigstens schien es so, da Gram und Kummer ihren edlen Zügen eine gewisse Abgeklärtheit aufgedrückt hatten. Sonst aber waren die beiden Frauen einander gar nicht so unähnlich, und es fiel Kunigunde auf, wie die einfache Bürgerstochter so feine, sichere Umgangsformen hatte und sich auf Rotberg vom ersten Augenblick an wie zu Hause fühlte.

«Habt guten Mut, Gräfin Kunigunde», sprach Marie zum Abschied, «es wird noch alles gut werden. Arnold wird sicher wieder heimkommen, und zwar bald.»

Der Graf und seine Tochter begleiteten die Scheidenden bis zum Burghof. Unten angekommen, sprach Jakob leise zum Flühschmied:

«Heinrich, Ihr habt eine wackere Tochter, sie verdiente es, eines Grafensohnes Gemahlin zu werden.»

Der Flühschmied antwortete ebenso mit gedämpfter Stimme:

«Sie weiss aber noch nicht, dass sie eines Grafen Tochter ist, sondern sie meint auch wie die andern Leute, ihr Vater sei nichts anderes als der einfache Flühschmied.»

«Wissen Eure Söhne auch noch nichts?»

«Nein, Graf Jakob! Helena, meine Gemahlin, hütet mit Eifersucht unser gegenseitiges Geheimnis. Ich fürchte aber, dies werde auf die Dauer nicht mehr gelingen; denn unsere Kinder fühlen von selbst, dass adeliges Blut in ihren Adern rollt. Es dürfte Euch ja nicht verborgen sein, dass Dido, mein Ältester, einen Blick auf Eure Tochter Kunigunde geworfen hat. Aber der vermeintliche Standesunterschied stellt sich wie eine unübersteigbare Mauer zwischen sie.»

«Ich weiss alles, meine Tochter hat mir nichts verhehlt, denn sie kennt unsere Familienbräuche, nach denen das Heiraten nicht so sehr eine Sache des Gefühls und der Schwärmerei als vielmehr des Gehorsams der Eltern gegenüber sein soll. Freilich darf die echte, aufrichtige Liebe nicht ausgeschlossen werden.»

«So ist es auch bei uns Brauch», meinte Heinrich, «aber hier werden sich gewiss auch die Herzen finden; denn Dido und Kunigunde lieben sich wirklich aufrichtig, wie ich es öfters beobachten konnte.»

Mit einem kräftigen Händedruck verabschiedeten sich die beiden Grafen. Die mächtigen Schritte des Flühschmiedes verhallten auf der hölzernen Zugbrücke.

Graf Jakob kehrte mit Kunigunde in die Burg zurück. Jetzt waren sie nicht mehr rat- und trostlos.

«Gut, dass wir den Schmied und die Marie nicht so abgewiesen haben, Vater», sprach Kunigunde auf dem Rückweg unter Tränen lachend. «Sie haben uns mit dem Strahl der Morgensonne auch neue Hoffnung ins Haus gebracht.»

«Aber den Knecht sollte man jetzt doch freilassen, Vater, der ist gewiss kein Dieb.»

Der Graf antwortete bedächtig:

«Gewiss, das könnte man tun. Aber es ist besser, wenn wir einstweilen nichts unternehmen, das Aufsehen erregen könnte. Diese Junker haben überall ihre Spione, und jede Kleinigkeit könnte genügen, dass der Sternenberger Verdacht schöpfte. Doch will ich sogleich Befehl geben, dass man für den Mann gut sorge, aber er soll einstweilen noch im Gefängnis bleiben. Bist du so zufrieden?»

«Ja, Vater, ich verstehe dich. Der gute Knecht dauert mich zwar, aber das ist wohl am klügsten gehandelt.»

5. Kapitel

Heinrich und seine Tochter kehrten ungesäumt nach Hause zurück. Schon von weitem hörten sie von der Trinkstube her einen wüsten Lärm. Auf die Frage des Schmieds, was das wohl sei, antwortete eine Magd, es seien ein halbes Dutzend Bauernburschen drüben, die seit einiger Zeit wacker zechten. Unter ihnen zeichneten sich besonders die beiden Buben des Sternenbergbauern aus, die eine Handvoll Kreuzer nach der andern über den Tisch rollen liessen. Wenn das Weintrinken bis zum Abend so weitergehe, werden wohl alle betrunken unter dem Tische liegen.

Der Schmied schmunzelte und meinte:

«Nur gut! Lasst sie einstweilen gewähren. Wenn es mir dann zu bunt wird, werde ich das Haus schon säubern. Mit dem Uli und dem Hans muss ich ohnehin noch einiges reden.»

Dann schien sich Heinrich weiter nicht mehr um die Burschen zu kümmern. Er zog in der Kammer seine gewöhnlichen Werktagskleider an und ging dann zu den Söhnen in die Schmiede an die Arbeit. Dort klärte er Dido und Hugo rasch über die Angelegenheit auf, deretwegen er beim Grafen gewesen, und beratschlagte mit ihnen, was nun zunächst zu tun sei. Desgleichen weihte Marie die Mutter in ihre Geheimnisse ein und liess sie auch nicht im Unklaren über die Zuneigung, die sie seit längerer Zeit zum vermissten Grafensohn im Herzen trage. Helena aber schüttelte den Kopf und sprach:

«Wie könnte wohl eine einfache Bürgerstocher einen Grafensohn heiraten? Das ist ja unmöglich! Schlag dir diese Gedanken aus dem Kopfe, Marie.»

Diese wurde traurig und sprach weinend:

«Das kann ich nicht, Mutter, das kann ich nicht! Sind denn diese Standesunterschiede ganz und gar unüberbrückbar?»

«Ein Ding der Unmöglichkeit wäre das allerdings nicht, aber der Graf von Rotberg würde das seinem Sohne nie und nimmer gestatten, dessen kannst du sicher sein.»

«Aber er ist doch so ein freundlicher und herablassender Herr, hat gar nichts Stolzes an sich und war gegen mich so gütig!»

«Marie, es wird nicht gelingen, nein, es darf nicht sein!» Helena sprach diese Worte mit einer ungewohnten Härte, sodass die Tochter nichts mehr zu erwidern wagte und still vor sich hinweinte.

Unterdessen beratschlagte Henrich mit seinen beiden Söhnen, wie man sich der beiden Bauernburschen unauffällig bemächtigen könnte. Hugo, der Jüngste, meinte:

«Wir lassen einfach einen nach dem andern der Burschen hierher in die Schmiede kommen, fragen sie aus, und wenn sie uns nicht zu Diensten sein wollen, legen wir ihnen Handschellen an und werfen sie in die Nebenkammer hinüber, dort zum alten Eisen!»

«Das meinte ich auch», sprach Heinrich, «doch muss alles rasch und ohne Aufsehen gehen. Junker Hermann vor allem darf nichts davon erfahren, sonst wird unser Plan zum Voraus vereitelt.»

Dido und Hugo entgegneten:

«Vater, vertrau uns nur die Sache an, die sauberen Burschen werden uns nicht entwischen!»

«Gut», sprach der Schmied, «seid aber recht vorsichtig und macht rasch einige Ketten und Handschellen bereit. Ich werde unterdessen schauen, dass die beiden Vögel nicht davonfliegen.»

«Recht stark müssen die Ketten sein, denn solche Lümmel scheinen mit dem Teufel im Bunde zu stehen, und den müssen wir auch noch anbinden», lachte Hugo.

Und der andere meinte:

«Diese Kette da zerreisst nicht einmal der Teufel. Sie wäre stark genug, um selbst ihn im Höllenpfuhle an das eiserne Tor zu schmieden.»

«Hoho, pass auf, Dido, dass du den Mund nicht allzu voll nimmst, du kennst ja das Sprichwort: Wenn man vom Teufel redet, dann kommt er!»

«Ja, dort kommt er, schau mal zum Fenster hinaus», lachte Dido und zeigte nach dem Hof. «Dort kommt der Hans, dem wollen wir den Teufel austreiben, nicht wie der Burgkaplan von Rotberg letzthin einem Knecht getan hat, mit Weihwasser und Psalmsprüchen, sondern wir treiben ihn dem Burschen aus nach Art der Schmiedezunft!»

Hans öffnete die Tür und trat in die Schmiede, wie wenn das etwas Alltägliches wäre. Tatsächlich war sein Erscheinen nichts Aussergewöhnliches, er war schon oft da gewesen, um für den Junker allerlei Arbeiten machen zu lassen. Der Alkohol schaute ihm aus den Augen, doch war sein Gang noch ziemlich sicher.

«Euer Vater, der Flühschmied, schickt mich zu euch», sprach er wichtigtuend, «ihr wollt mich rasch etwas fragen.»

«Schön, Hans», antwortete Dido, «wie steht es denn mit dem vermissten Grafensohn? Du hast doch die letzte Nacht auch beim Suchen mitgeholfen, du und dein Bruder. Ich habe euch gesehen. Habt ihr keine Spur entdeckt?»

«Nicht den geringsten Anhaltspunkt, Dido. Und wie haben wir uns Mühe gegeben! Mit unseren Laternen zündeten wir unter jeden Stein, stiegen sogar in die Höhlen da oben in der Schlucht, aber nichts gefunden, gar nichts!»

Dido war unterdessen ganz nahe zu ihm herangetreten, bückte sich zu dem stämmigen und untersetzten Burschen, den er mehr als um die Kopfeslänge überragte, herab und schrie ihm ganz unvermittelt ins Gesicht:

«Schurke, du lügst! Du weisst ganz genau, wo Arnold ist! Heraus mit der Sprache, wo ist der Grafensohn?»

Mit diesen Worten packte er Hans am Kragen, schüttelte ihn kräftig mit der Hand und hob ihn dann frei in die Luft.

Der wurde ernst und bleich vor Schrecken, dann wollte er sich los- und davonmachen. Aber das ging nicht mehr. Hugo hatte die Tür verschlossen und den Burschen von hinten an den Armen gefasst, und mit einem geschickten Griff steckte er ihm die Hände in die Handfesseln. Hans wollte sich noch mit den Füssen wehren, aber da lag er schon auf dem russigen Boden und hatte die Knöchel mit Ketten zusammengebunden.

Da er den Versuch machte zu schreien, rief Dido:

«Wenn du dich muckst, stossen wir dir ein Eisenstück zwischen die Zähne, dann kannst du Eisen fressen!»

Zitternd und zappelnd lag Hans da gleich einem angeschossenen Wild. Da er aber sah, dass es keinen Ausweg mehr gebe, streckte er sich und blieb regungslos liegen.

«So, jetzt ist's gut, Hans», sprach lachend Dido, «nun will ich dich noch einmal fragen: Weisst du, wo Arnold ist, oder weisst du es nicht?»

«Wie soll ich armer Bauernbursche das wissen», fing jener zu wimmern an. «Wir elende Sklavenknechte kümmern uns doch nicht um die Händel der Grafen.»

«Jetzt sag uns frank und frei, wo Arnold ist! Oder weisst du es nicht?»

«Nein, ich weiss es nicht!»

«Gut! Hugo wirf neue Kohlen in die Esse und blas das Feuer recht tüchtig an. Dann legen wir den Schurken drauf, bis er recht bratet, nachher weiss er es vielleicht. Fort da mit dem Kittel, den wollen wir schonen!»

Während Hugo sich daranmacht, das Feuer zu schüren, versuchte Dido, dem Burschen den grauen Zwilchkittel auszuziehen.

Dieser schrie aber:

«Au, au, nein, nein, nicht braten, das tut weh; ich weiss, wo Arnold ist!»

«Wo ist er?», riefen Dido und Hugo miteinander.

«Auf Sternenberg», antwortete kaum hörbar Hans.

«Wo ist er?», rief Dido noch einmal, «rede lauter!»

«Auf der Burg Sternenberg!»

«Nun denn, einstweilen wissen wir genug. Wenn du die Wahrheit gesagt hast, wird es dein Bruder bestätigen, wenn du gelogen hast, wirst du nachher noch gebraten, verstanden?»

«Nein, nein, nicht braten!», rief kläglich der Bursche. «Ich habe die Wahrheit gesagt!»

«Das wird sich zeigen! Hugo, mache die hintere Tür auf, dort beim alten Eisen wird der Hans sich noch einmal besinnen können.»

Darauf packten die vier starken Hände den Burschen, und ehe er sich's versah, lag er im finstern Schuppen, der der Schmiede angebaut war, neben einem Haufen alten Eisens.

«Ich möchte dir raten, dich schön ruhig zu verhalten», sprach Dido noch zu ihm, bevor er die Tür schloss.

«So, den hätten wir», lachten Dido und Hugo zusammen, als sie wieder in der Schmiede waren. Hugo atmete auf und meinte:

«Ich zweifle gar nicht daran, dass der Schurke die Wahrheit gesagt hat. Aber wenn der Uli dasselbe sagt, ist natürlich jeder Zweifel ausgeschlossen. Hoffentlich bringt ihn der Vater bald.»

In diesem Augenblicke jagte drüben der Flühschmied mit einem Stocke einige Burschen aus der Trinkstube und gab ihnen zu verstehen, sie sollten sich friedsam nach Hause an die Arbeit begeben, sonst werde er sie regelrecht durchbläuen. Schimpfend und scheltend machten sich diese davon. Der Uli aber stand neben dem Schmied und schien für ihn Partei ergriffen zu haben. Wenigstens grinste sein ganzes Gesicht vor lauter freundschaftlicher Schadenfreude über den unfreiwilligen Auszug seiner Kameraden. Heinrich sprach zu ihm:

«Geh schnell in die Schmiede hinüber zu deinem Bruder, ich werde auch bald kommen, dann können wir noch etwas miteinander reden.»

Der Uli liess es sich nicht zweimal sagen und schlenderte unsicheren Schrittes über den Hof der Schmiede zu. Läppisch öffnete er die Türe, trat ein und rief:

«Hans, hör einmal, ich bring dir eine Neuigkeit!»

Statt seines Bruders trat ihm Dido entgegen, nahm ihm die Tür aus der Hand und schloss sie hinter seinem Rücken.

«So, Uli», redete er ihn an, «weisst du vielleicht, wo Arnold, der Grafensohn, hingekommen ist? Hast du ihn die letzte Nacht nicht gefunden?»

«Der Grafensohn?», frug dieser erstaunt, «wie soll ich das wissen?»

«Nun, ich meinte, du wissest etwas mehr als wir», sprach Dido, packte ihn unvermittelt am Kragen und wollte ihn überwältigen, wie vorhin den Hans. Der Uli aber wand sich los, behende und glatt wie eine

Schlange, ergriff rasch eine Eisenstange, verschanzte sich hinter dem Ambos, und schrie:

«Halt da! Es soll mir nur einer zu nahe kommen, den schlag ich sofort mausetot!»

Wahrscheinlich wäre es diesmal zu einem gefährlichen Handgemenge gekommen, wenn nicht Heinrich zur rechten Zeit eingetreten wäre. Hugo hatte ihm die verschlossene Tür geöffnet und ihn hereingelassen. Der grosse Schmied trug noch seinen Stock in der Hand, und nachdem er die ganze Lage rasch überblickt hatte, rief er dem Uli mit dröhnender Stimme zu:

«Wirf sofort das Eisen weg, sonst geht es dir schlecht!»

«Ich lass mich nicht so behandeln! Ich bin kein Verbrecher, dass ich mich von euch verhören lassen müsste.»

Dann warf er aber die Stange doch weg, denn er fürchtete sich vor dem Zornesblick des gewaltigen Mannes.

«Wo ist übrigens mein Bruder Hans?», fügte er beinahe schüchtern hinzu.

«Das geht dich nichts an, Schurke!», rief Dido ergrimmt und stürzte urplötzlich auf den Burschen los. Es entstand ein kurzes Handgemenge. Bald lag auch Uli gefesselt am Boden, wütete und raste eine Zeitlang wie ein Tobsüchtiger. Man liess ihn ruhig austoben. Dann aber stellte Dido das gleiche Verhör mit ihm an, wie kurz vorher mit Hans, der übrigens jedes Wort hören musste, aber keinen Laut von sich gab.

Eingeschüchtert durch die angedrohte Feuerprobe, gab Uli nach längerem Leugnen auch zu, dass sich Arnold auf Burg Sternenberg befinde.

Schliesslich frug ihn Heinrich:

«Habt ihr die goldenen Becher erhalten, nachdem ihr die Tat ausgeführt hattet?»

«Goldene Becher? Wofür? Für wen? Von wem?», suchte der Bursche zu heucheln.

«Die goldenen Becher meine ich, die Junker Hermann gestern auf Rotberg gestohlen hat, habt ihr sie erhalten?»

In diesem Augenblicke hörte man vom Eisenschuppen her ein unterdrücktes Fluchen.

«Nein, nein, nein!», tobte Uli

«Was gab euch aber Hermann für die vollbrachte Tat?»

Der Bursche schwieg hartnäckig.

«Nun, dich bringen wir schon zum Reden, wie vorher den Hans, deinen sauberen Bruder», rief Dido. «Auf die Kohlen mit ihm!»

Da sie den Burschen eben packen wollten, schrie dieser jämmerlich:

«Nein, nein, lasst das! Ich gestehe ja alles! Hermann hat uns die Becher gegeben, und wir verkauften sie vor einigen Stunden einem durchziehenden Juden, dem wir sie übrigens heute Abend wieder abnehmen wollten.»

«Ha, ha! Ihr seid rechte Schurken!», rief Heinrich. «Aber wisst ihr, der Krug geht zum Brunnen, bis er bricht.»

«Jetzt wissen wir ja genug, Vater. Wir werfen den Lumpen zu seinem Bruder, dort beim alten Eisen sollen sie einander Gesellschaft leisten.»

So geschah es. Dann schlossen sie die Tür ab und liessen die beiden Brüder im Finstern liegen, die ohnehin noch ihren Rausch ausschlafen mussten, wenn der Schrecken sie auch vorübergehend etwas ernüchtert hatte.

Zur grössern Vorsicht blieb immer einer der Söhne Heinrichs in der Schmiede zurück und hielt von Zeit zu Zeit Nachschau, um jedem Fluchtversuch zuvorzukommen; denn bei solchen Gaunern kann man nie vorsichtig genug sein.

Heinrich aber ritt am Nachmittag heimlich nach Rotberg, um dem Grafen das Ergebnis seiner Untersuchung mitzuteilen und die weiteren Schritte zur Befreiung Arnolds einlässlich zu besprechen.

Fast gleichzeitig mit Heinrich, doch etwas vor ihm, war ein vermummter Ritter in Rotberg eingeritten. Er trug das Zeichen der Sternengilde, einen weissen Stern am Helme, gab dem Torhüter einen versiegelten Brief ab und galoppierte wieder Richtung Hofstetten davon. Soeben hatte Graf Jakob das Schreiben gelesen und hielt es noch in der Hand, als der Flühschmied in das Gemach trat.

«Bringet Ihr mir gute Botschaft, Heinrich?», rief er dem Angekommenen zu.

«Gute Nachricht, Herr Graf! Unsere Vermutungen haben sich bestätigt, Arnold befindet sich auf Sternenberg.»

«Also doch. Der Brief da hätte wohl etwas viel Schlimmeres vermuten lassen. Jetzt aber wird alles recht werden. Kommt, Heinrich! Oben im Rittersaale wartet mein Sohn Werner. Er brütet seit einigen Stunden Pläne aus, ohne aber zu einem Entschlusse zu kommen. Wir wollen nun die schwierige Angelegenheit gemeinsam besprechen.»

Indem sie gegen die Treppe schritten, rief Graf Jakob schnell Kunigunde herbei und sagte zu ihr:

«Freue dich, meine Tochter, es wird nun alles gut werden. Wir wissen jetzt, wo Arnold ist.»

«Wirklich! Ist er auf Sternenberg?»

«Ja, aber es braucht jetzt viel Klugheit und Geduld. Sei daher recht verschwiegen.»

«Zweifle nicht daran, Vater!»

Die zwei Männer stiegen die enge Wendeltreppe hinan in den Rittersaal. Dort schritt Graf Werner in Gedanken versunken auf und ab.

Die Begrüssung war kurz und herzlich. Dem Grafen Werner war der biedere Flühschmied schon längst bekannt, dass er aber aus adeligem Geschlechte war, war bis anhin auch ihm verborgen geblieben, da sein Vater dieses Geheimnis seinem Versprechen gemäss stetsfort sorgsam gehütet hatte. Dies sollte aber später noch seine unangenehmen Folgen haben. Man setzte sich beim Kamine in hölzerne Lehnsessel, und der alte Graf sprach:

«Soeben habe ich diesen Brief erhalten. Er sei von einem vermummten Ritter abgegeben worden, was stimmen dürfte; denn er ist ohne Namenszeichnung.»

«Und was enthält er?», frug Werner rasch.

Jakob überreichte seinem Sohne den Brief, der ihn rasch überflog und ihn dann vorlas:

«An den Grafen Jakob von Rotberg.

Wir möchten Euch mitteilen, dass sich Euer Sohn Arnold in unserer Gewalt befindet. Körperlich geschah ihm bis jetzt kein Leid, derselbe befindet sich wohl und in guter Hut und Pflege. Falls Ihr ihn aber wieder heil und unversehrt zurückhaben wollt, so müsst Ihr uns urkundlich sein ganzes Erbe überlassen, auf das der junge Graf seinerseits schon freiwillig verzichtet hat und uns zudem eine jährliche Rente von 5000 Gulden zusichern. Alles dies muss innerhalb 24 Stunden durch einen vermummten Ritter gut beurkundet und besiegelt dem Besitzer der Trinkstube ‹Zum Sternen› (neben dem Ramsteinerhof gelegen) unauffällig übergeben werden. Wenn es nicht geschieht, schwebt das Leben Arnolds in Gefahr und dann lehnen wir alle Verantwortung für die weitern Folgen von uns ab.

Gegeben zu Basel, am Mittwoch nach Kreuzerfindung im Jahre 1356.   N. N.»

«Also ein Erpressungsversuch der schlimmsten Art!», rief Heinrich.

«Jawohl», sprach Jakob, «so würde ich über Nacht ein armer Mann, der betteln müsste, oder dann ein unglücklicher Vater, der selbst noch zum Sohnesmörder gestempelt würde. Aber die Herren haben dieses Mal die Rechnung ohne den Wirt gemacht!»

«Ganz sicher ohne den Wirt!», lachte Heinrich trocken auf. «Die Bösewichte haben sich gehörig verrechnet und sich in ihren eigenen Schlingen gefangen. Den Brief kann übrigens, nach meiner Berechnung nur Junker Hermann geschrieben haben.»

«Es ist also sicher, dass Arnold sich auf Sternenberg befindet?», frug Graf Werner nach längerem Schweigen.

«Gewiss, Herr Graf! Die beiden Burschen, die ihn gefangen nahmen, sind geständig. Und zudem hat Junker Hermann sie gedungen und bezahlt, was sie beides aussagten. Meine beiden Söhne und ich sind Ohrenzeugen.»

«Gut, dann werden wir diese Nacht Sternenberg überfallen, und morgen werden alle Ritter der Sternengilde aus Basel verjagt werden. Wenn wir Junker Hermann lebendig erwischen, wird er hier in Rotberg in den Turm gesperrt, und die beiden Wegelagerer, die Arnold überfielen und gefangen nahmen, werden die Nacht noch am Tatort erhängt. So habe ich es beschlossen, und so wird es durchgeführt! Seid ihr einverstanden.»

Die beiden Männer nickten zustimmend mit dem Haupte und blickten sinnend vor sich hin. Eine längere Pause trat ein. Das sind immer grosse und bange Augenblicke, wenn man über Leid und Leben der Mitmenschen verfügen muss.

Graf Werner brach zuerst das Schweigen, indem er wie im Zwiegespräch mit sich selbst sprach:

«Es bleibet dabei! Ein milderes Urteil kann ich nicht aussprechen, sonst wird der Gerechtigkeit nicht Genüge getan.»

«Ja, es bleibt dabei», entgegnete Graf Jakob. «Doch die Burg Sternenberg selbst müssen wir schonen, weil sie Eigentum des Grafen von Thierstein ist. Jetzt ist es aber nicht mehr Zeit, ihn über das Vorgefallene zu unterrichten. Aber nach der Befreiung Arnolds werden wir ihm die Sache sofort mitteilen und ihn bitten, einen andern Vogt nach Sternenberg zu senden und Junker Hermann uns zur Aburteilung zu überlassen.»

«Das will ich besorgen, Vater», sprach Werner. «Ich schicke morgen sobald als möglich einen Boten über den Blauen, um den alten Grafen von Thierstein über alles aufzuklären. Diese Nacht aber heisst es entschlossen zu handeln, es darf keine Zeit mehr verloren werden.»

Darauf wurden noch einige Fragen eingehend besprochen. Als sich die drei Männer trennten, sank bereits wieder die Maisonne, um der dunklen Nacht die Herrschaft zu überlassen. Wird sie wohl dem gefangenen Jüngling die heiss ersehnte Freiheit und den Anblick des neu erwachten Frühlings schenken?

6. Kapitel

In Flüh wartete man mit der grössten Spannung auf die Rückkehr Heinrichs. Dido und Hugo hatten von ihrem Vater bereits die Weisung erhalten, sich auf den Abend zu rüsten. Für Dido war es leicht, denn er hatte bereits bei den Landknechten gedient und besass daher eine kriegsmässige Ausrüstung. Er war fünfundzwanzig Jahre alt und hatte schon manchen Strauss mitgemacht. Hugo aber, der erst zwanzigjährige Jüngling, war im Kriegshandwerk ein Neuling, glühte aber jetzt vor Verlangen, diese Nacht sein erstes Abenteuer zu erleben. Er suchte sich im Hause und in der Schmiede rasch einige Panzerstücke zusammen, und sein Bruder war ihm behilflich, diese eisernen Wehrstücke seinen edlen, schmiegsamen Gliedern anzupassen. Allzu schwer durfte die Rüstung nicht sein, um die freien Bewegungen nicht zu hindern. Diese Arbeit nahm den ganzen Nachmittag in Anspruch.

«Jetzt muss ich noch ein Schwert haben, Dido», sprach der Jüngling, als er die fertige Rüstung probeweise angezogen hatte.

«Der Vater wird schon noch eines für dich vorrätig haben, warte nur, bis er heimkommt, er selbst wird dich einkleiden und dir den Ritterschlag geben.»

So schwärmte der hochherzige Junge von den grössten Rittertaten, kaum dass die kriegerische Rüstung zum ersten Male seine junge Brust bedeckte.

Hugo, der anfangs meinte, sein Bruder rede nur im Spass, wurde nach und nach doch ernster und entgegnete:

«Heute gilt es zuerst einmal, den Grafensohn zu befreien, da kannst du deine Lorbeeren holen. Aber bei einem solchen Geschäfte muss man kaltes Blut bewahren, Bursche, mit unfruchtbarem Schwärmen rennt man keine Türen ein!»

«Du wirst sehen, Dido, ich werde meinen Mann stellen!»

Unter solchen Gesprächen flossen den beiden Brüdern die Stunden rasch dahin. Es war, als fühlten sie, dass eine schicksalsschwere Nacht herannahte, die ihrem jungen Leben plötzlich eine andere Richtung geben sollte. Das Herz weiss ja oft zum Voraus, was der klügelnde Verstand trotz aller Mühen nicht zu ergründen vermag.

Mutter Helena lebte den ganzen Tag hindurch in einer unerklärlichen Unruhe. Oft lauschte sie in die Weite, wie wenn etwas Grosses, Ungeahntes, ja Ungeheures vor der Tür stünde, dem auszuweichen sie ausserstande war. Und wenn Marie mit ihren verweinten Augen ihr begegnete, so stiegen jedes Mal leise Vorwürfe in ihrer Seele auf, dass sie ihren Kindern, die es mit aller Macht zu ihren Standesgenossen hinzog, ihre adelige Abstammung verheimlichte. Sie dürfen es nicht wissen, es kann und darf nicht sein! Zu viel des Unglücks hat das adelige Blut schon über ihr Haus und ihre Familie gebracht.

Bei Anbruch der Dunkelheit kam Heinrich, der Flühschmied, endlich nach Hause. Er begrüsste seine Gattin nur kurz, begab sich dann in die Schmiede zu seinen Söhnen und erkundigte sich, ob sich die beiden Burschen ruhig verhalten hätten. Über ihre Vorbereitungen war er sehr zufrieden. Seinem Jüngsten gürtete er eigenhändig das Schwert um und meinte lachend:

«So, jetzt ist der Ritter fertig! Schwing dich auf dein Ross und verdiene dir heute Nacht deine Sporen!»

«Das will ich, Vater, du wirst es sehen!»

Heinrich und Dido lachten. Es wurden noch einige Fackeln und Laternen hergerichtet, sowie Ketten und Handfesseln.

Bevor diese kriegerische Schar nach Sternenberg abging, rief Helena ihren Gemahl heimlich zu sich und sprach zu ihm:

«Heinrich, mir ist so bange. Es ist mir, als ob dir oder unsern Kindern ein Unglück zustossen werde. Ich bitte dich, seid recht vorsichtig!»

Der Schmied, der sich auch in die alte Kriegsrüstung geworfen hatte, sprach beruhigend:

«Nur keine Angst, Helena, du weisst ja, dass ich schon manchen gefährlichen Strauss ausgefochten habe. Das heutige Unternehmen ist ja ein Kinderspiel. Nach einigen Stunden sind wir wieder da. Dido und Hugo werden auch ihren Mann stellen. Es sind starke Burschen, die sich um ihre Haut wehren werden. Wozu diese Angst?»

«Ich weiss es nicht. Aber ich ahne nichts Gutes. Und dann denke ich wieder: Ihr tut ja ein gutes Werk, da ihr den armen, gefangenen Jungen befreien wollt. Drum also, gehet mit Gott!»

«Das meine ich auch, Helena! Deshalb wollen wir guten Mutes sein.»

Während dieser rastlosen Beratung und Vorbereitungen krochen für Arnold die Stunden wie Schnecken vorüber. Nichts als die vier nackten Wände, den kalten Stein zum Sitzen, das Bündel Stroh zum Schlafen, die drückende, feuchte Kerkerluft und von oben die spärlichen Lichtstrahlen, um dies alles zu beleuchten! Und als diese armselige Beleuchtung wieder ermattete und ringsum anfing schwarz und schwärzer zu werden, da wurde es dem gefangenen Jüngling klar, dass draussen in der Welt die Nacht wieder anbrach und er schon eine

Nacht und einen Tag im Kerker eingeschlossen war. Wie oft wird er sie noch zählen können, diese Zeitspannen hier im dunklen Turm, für die es eigentlich keinen Namen gab? Wie soll man sie nennen, diese Zwitterdinge zwischen Licht und Finsternis? Kerkerdämmerstunden? Kerkernachtstage? Kerkertagnächte?

Arnold, der etwas grüblerisch veranlagt war, sann schon eine Zeitlang darüber nach, welche Benennung für dieses beständige Halbdunkel wohl die beste wäre, bis die Sehnsucht nach dem Licht in seiner Seele wieder voll zum Durchbruche kam und ein tiefer Seufzer seiner beengten Brust entstieg: «Ach, Gott, wie lange noch?»

Da hörte er von aussen das Klirren der Schlüssel. Das Schloss der Eisentür wurde aufgeriegelt und vor ihm stand wieder der Junker Hermann mit einer Kerze in der einen und einem Stück Papier in der anderen Hand.

«Graf Arnold», sprach er mit hohler Stimme, «Eure Freiheit liegt in Eurer Gewalt. Wenn Ihr dieses Schriftstück unterzeichnet, so werdet Ihr in wenigen Stunden los und ledig sein.»

«Was soll ich unterschreiben, Herr Junker?», frug der Junge misstrauisch.

«Da nehmt und lest. Euer Vater kauft Euch los um den Preis Eures zukünftigen väterlichen Vermögens, wozu Ihr jetzt die Zustimmung geben müsst. Besinnt Euch noch einige Stunden. Ich lasse Euch die Kerze und das Schriftstück hier. Morgen in aller Frühe werde ich wieder kommen. Wenn Ihr unterschreiben wollt, gut, dann kommt Ihr mit in die Wohnung hinauf und seid dann frei. Wenn nicht, so ist da drüben das Verliess. Es hat auch Platz für Euch!»

Arnold richtete sich furchtlos auf, schaute dem Junker scharf ins Gesicht und sprach ruhig:

«Also, Ihr wollt die Burg Rotberg von mir erben?»

«Nicht erben, junger Mann, sondern zum Geschenk will ich sie!», schrie wütend Hermann. «Und meint Ihr, mein Vater Jakob, Graf von Rotberg, gebe es zu, dass ich Euch mein und sein Eigentum verschenke?»

«Er muss das zugeben, ob er will oder nicht. Übrigens steht alles Notwendige auf dem Papier. Ihr könnt doch lesen?»

Arnold, der allgemein den Ruf eines gelehrten und gebildeten jungen Mannes genoss, tat, als ob er die letzte Beleidigung gar nicht gehört hätte. Er erwiderte nur:

«Herr Junker, so grossen Kaufpreis werde ich nie zugeben. Da könnt Ihr ruhig das Schreiben und die Kerze wieder mitnehmen.»

Den Junker verblüffte diese Ruhe, und mit erheuchelter Würde rief er:

«Herr Graf, wenn Euch Euer Leben lieb ist, dann seid mir zu Willen! Ich könnte noch mehr fordern, bin aber sehr gnädig!»

«Wirklich sehr, sehr gnädig! Fordert nur, Junker Hermann, denkt aber an das Sprichwort: Wer zu viel verlangt, erhält schliesslich nichts.»

Schon zum zweiten Mal war nun der Junker an der Festigkeit und Ruhe des Jungen angeprallt, und in der Wut darüber wollte er sich auf ihn stürzen. Er warf das Papier vor die Füsse Arnolds, stellte die Kerze auf den Stein. Dann aber besann er sich plötzlich eines Bessern, wandte sich ab und verliess wutschnaubend den Keller, indem er die schwere Eisentür dröhnend hinter sich zuschlug.

Arnold ist wieder allein. Wenigstens hat er jetzt die Gewissheit, was der Raubritter mit ihm vorhat. Seine Person soll das Unterpfand einer schändlichen Erpressung sein. Ha, ha, Herr Junker, jetzt kenne ich dich!

Aber wie mich verteidigen? Wenn ich nur meinem Vater meinen Aufenthaltsort anzeigen könnte! Aber wie? Vielleicht durch Bestechung des Kerkermeisters? Ja, wenn das ginge!

Indem Arnold so sinnt und überlegt, hebt er das Schreiben auf, stellt die Kerze auf den Boden und setzt sich auf den Stein. Am liebsten hätte er das Papier zerrissen und die Fetzen langsam an der Kerzenflamme verbrannt. Doch das darf er nicht wagen, das wäre unklug. Der Gefangene bückt sich nieder und liest:

«Unterzeichneter beurkundet hiemit, dass er auf sein Erbe, das heisst Burg Rotberg und umliegende Güter und Landschaften, zu Gunsten des Herrn Ritter Hermann von Sternenberg freiwillig und eigenmächtig verzichtet hat. Ebenderselbe Unterzeichnete übernimmt auch die eidlich bekräftigte Verpflichtung, nie ein Sterbenswörtchen davon auszusagen, dass er einmal auf Burg Sternenberg gefangen lag. Graf Jakob von Rotberg hat bereits seinerseits die Urkunde der Verzichtsleistung unterschrieben und versiegelt Ritter Hermann übermittelt.

Dies alles bezeugt, bekräftigt, besiegelt, beschwört und beurkundet eigenhändig
N.
Gegeben zu Basel am Mittwoch nach Kreuzerfindung, im Jahre 1356.»

«Schön, schön, Herr Junker! Ich soll beurkunden und beschwören, dass ich ein Bettler sei, ärmer und elender als jeder einzelne Knecht meines Vaters. Nein! Nein! Nie und nimmer! Und was noch mehr ist, auch meinen eigenen Vater an den Bettelstab, an den Rand des Elendes bringen! Herr Junker, du verlangst viel!»

Arnold zerknittert das Papier, ballt die Fäuste und schlägt einige Male an die eiserne Türe, dass es dröhnt.

Horch, was ist das? Draussen hört man das Rasseln von Schlüsseln. Kommt der grausame Erpresser schon wieder, vielleicht mit Folterwerkzeugen, um ihn zur Unterschrift zu zwingen?

Jetzt eine Pause, man dreht das Schloss nicht um. Man steckt wieder einen Schlüssel ein – noch einmal geht das Schloss nicht. – Offenbar probiert jemand Schlüssel, die ihm unbekannt sind. Vielleicht die Befreier? – Eine Blutwelle steigt dem Jüngling vom Herzen in den Kopf. Befreier sind da? Er wagt es kaum zu denken …

Das Probieren und Riegeln vor der Tür geht einige Zeit so weiter. Dann hört man wieder Tritte, dann eine Zeitlang nichts mehr. Da endlich, nach ungefähr einem Dutzend fruchtlosen Versuchen springt die Tür plötzlich mit einem gewaltigen Rucke auf. Ein grosser, geharnischter Mann zwängt sich durch das enge Loch, zwei Männer mit Fackeln folgen und leuchten ihm.

«Ist hier Arnold, Graf von Rotberg?», fragt der Grosse.

«Ja, ich bin's!»

«So folgt mir rasch, Ihr seid frei!»

«Frei, frei!», ruft der Junge. «Und wer ist mein Befreier?»

«Fragt nicht jetzt! Später davon. Folgt rasch diesen Fackelträgern.»

Doch Arnold erkennt jetzt die Stimme des Mannes und ruft freudig aus:

«Ihr seid Heinrich, der Flühschmied?»

«Ja, ich bin es. Da sind Dido und Hugo, folgt ihnen rasch, ich habe noch andere Arbeit!»

Mit diesen Worten windet sich Heinrich wieder zur Tür hinaus. Arnold aber wird von den beiden Söhnen des Flühschmiedes durch den geheimen Gang ins Freie geführt. Draussen hinter Sternenberg sind einige Reiter, die ihn in Empfang nehmen und den Jungen sachte auf sein eigenes Pferd heben, als ob er ein Schwerverwundeter wäre.

«Jetzt wisst wohin?», fragt Dido.

«Ja, zunächst nach Flüh ins Badhaus», antwortet der Knecht.

«Gut, und meldet dort, dass wir noch den Junker suchen müssen, dann kämen wir auch.»

In der Linken die Fackel, in der Rechten das Schwert, stürmen Dido und Hugo von da wieder in die Burg zurück. Im Hofe hat unterdessen Heinrich mit geübter Hand am Burgtor den Riegel gesprengt. Der Torwächter, der erschreckt herbeispringt, wird von einem Kriegsknechte kurzerhand niedergemacht. Dann lässt man die Zugbrücke nieder, und sogleich reitet ein Schwarm Reiter heran, geführt vom Grafen Werner. Sie haben draussen vor dem Eingang gewartet.

Jetzt fängt es an im Burghof lebendig zu werden. Die Kriegsknechte des Junkers haben den Überfall wahrgenommen. Der Turmwächter gibt sein Notzeichen. Aber zu spät! Die Verwirrung und Bestürzung ist so gross, dass die Besatzung der Burg nicht einmal zu den Waffen greifen kann. Ein Kriegsknecht nach dem andern wird von den Leuten Werners gefangen und gefesselt. Heinrich ruft Werner zu:

«Arnold ist in Sicherheit! Nun gilt's dem Junker!»

«Vorwärts, in die Burg!», ruft jener seinen Leuten zu. «Kein Feuer anlegen! – Nichts zerstören und rauben! – Den Junker fangen, nicht töten! – Die Hälfte der Truppe bleibt hier zur Bewachung der Gefangenen!»

So geschieht es. Allen voran stürmt Heinrich die Holzstiege hinan zum Burgturm und schlägt mit einem gewaltigen Schlag der gepanzerten Faust die Holztür ein. Ihm nach springen Dido und Hugo, Graf Werner und ein Dutzend Kriegsknechte, alle bewaffnet bis an die Zähne und mit Pechfackeln in den Händen. Das Erdgeschoss und den ersten Stock lässt man einstweilen unbehelligt. Dagegen dringt man in das Gemach des Junkers vor, um ihn womöglich zu überraschen. Aber weder in seiner Wohnung noch im Rittersaal findet man ihn, trotzdem man mit den Fackeln in jede Ecke hineinleuchtet. Dido und Hugo dringen vor bis auf die Zinne des Turmes, aber von Hermann findet man keine Spur. Nicht einmal den Turmwächter können sie entdecken.

«Entweder ist der Wächter fortgeflohen oder in die Tiefe gesprungen», ruft Dido.

«Und der Junker auch?», fragt Hugo enttäuscht.

«Nein, das glaube ich nicht! Dem ist sein Sündenleben noch zu lieb. Er wird sich irgendwo in einem geheimen Winkel des Ganges versteckt haben. Komm, wir steigen ins Erdgeschoss hinunter, ich wette, wir finden ihn hinter den Weinfässern oder in einer leeren Kiste.»

Nun stürmen sie die enge Wendeltreppe hinunter ins Erdgeschoss. Das ist ein schauriges Loch! Alles wird durchsucht, vom Junker keine Spur! Aber in einer Ecke neben dem Sodbrunnen scheint in einer Mauervertiefung eine geheime Tür zu sein. Man zündet mit der Fackel näher, und die Vermutung bestätigt sich. Sofort lässt Dido den Vater rufen, um die Tür zu erbrechen. Es geht nicht so leicht; denn das Türschloss und die Angeln scheinen eingerostet zu sein. Aber schliesslich muss auch diese Tür der Kraft und der Kunst des Flühschmiedes weichen, und man steht plötzlich am Eingange eines geheimen Ganges, der in das Innere des Felsens führt. Sorgfältig, Schritt für Schritt geht man vor, Dido voraus, gebückt, das Schwert vorhaltend. Da man etwa dreissig Schritte zurückgelegt hat, teilt sich der Gang plötzlich in zwei Arme.

«Was nun?», fragt Dido zurück. Wohin soll ich nun vordringen?»

«Geh du nach rechts, Hugo und ich wenden uns nach links», ruft Heinrich.

So gehen sie getrennt langsam weiter. Die Fackeln fangen an zu russen und brennen immer schwächer, ein Zeichen, dass es ihnen an Luft zu fehlen beginnt. Heinrich und Hugo gelangen bald ans Ziel, nämlich zu einer Tür, die in den geheimen Gang mündet, durch den sie von hinten in die Burg eingedrungen waren. Die Tür lässt sich von innen leicht öffnen und scheint eilig geschlossen worden zu sein, denn das Schloss ist nicht einmal ganz eingeklappt.

Beide treten hinaus und finden dort zwei Knechte, von denen sie sofort angehalten werden. Man spricht das Losungswort und wird als Freund erkannt. Auf die Frage Heinrichs, ob jemand durchgeschlichen sei, erhalten sie die Antwort, es habe geschienen, als ob vor einigen Augenblicken jemand herausgeschaut hätte. Ehe sie aber näher nachschauen konnten, sei er schon wieder im Innern verschwunden gewesen.

«So muss es sein, andernfalls hätten ihn die Knechte im Burghofe schon längst erwischt.»

Kaum sind Vater und Sohn wieder in den Gang getreten, da hören sie von Ferne ein gedrängtes Lärmen, Schreien und Waffengeklirr. Aber nur einige Augenblicke, dann wird's wieder ruhig. Hastig eilen die beiden vorwärts, und da sie wieder dahin kommen, wo die Gänge zusammenlaufen, sehen sie, wie Dido und einige Krieger von der andern Seite den gebundenen Junker Hermann herbeischleppen. Wahrlich ein merkwürdiger Zug zu nächtlicher Stunde im Schosse der Erde!

«Also doch, sie haben ihn!», ruft Hugo triumphierend. «Schade, dass ich nicht bei Dido war!» Heinrich aber meinte bedächtig:

«Es ist besser so, wer weiss, ob er dir nicht entwischt wäre.»

«Mir entwischt? Nie und nimmer!»

Unterdessen war der Zug mit dem gefangenen Junker nähergekommen. Dido ging voraus, und die Knechte schleppten den Gefesselten, der bleich und mit verzerrten Gesichtszügen, an Händen und Füssen gebunden, einen bedauernswerten Anblick bot.

Kein Wort wurde geredet. Nur die Schritte der Männer hallten dumpf von den steinernen Wänden zurück. Da und dort huschte eine Ratte von einem Winkel zum andern, verwundert, zu solch später Stunde von den Menschen in ihrer Nachtruhe gestört zu werden.

Die Männer brachten den Gefangenen in den Burghof hinaus. Sofort gab Graf Werner das Zeichen zum Abbruch der Nachforschungen; denn er hatte unterdessen mit seinen Leuten alle Winkel der Burg durchstöbert. Jetzt war er zufrieden, man hatte gefunden, was man suchte. Während der Nacht lässt sich weiter nichts mehr erreichen. Morgen, beim Tageslicht wird man die Geheimnisse des Raubritters enthüllen, das Verliess und den Kerker aufsperren, und dann wird man den ganzen Schuldbrief des Junkers schreiben können.

Zwölf Mann wurden zur Bewachung der Burg zurückgelassen. Die andern nahmen nun die Gefangenen in ihre Mitte, um sie sofort nach Burg Rotberg zu bringen. Doch nicht alle. Werner bestand darauf, dass an Hans und Uli sofort das Gericht vollzogen werde.

«Solche Schurken darf man nicht mehr länger leben lassen», sagte er. Sie gaben nicht das geringste Zeichen von Reue, trotzdem ihnen Heinrich mehrmals zuredete, jetzt doch endlich an ihre unsterbliche Seele zu denken.

«Der Teufel soll uns holen und Euch alle!», schrie Uli, als man ihm schon den Strick um den Hals gelegt hatte.

Hans dagegen fing zu bitten und zu weinen an, man soll ihm sein junges, unschuldiges Leben lassen. Da half aber alles nichts.

Graf Werner blieb fest und hart. Beide wurden hinter Sternenberg beim Fackelschein unter den Augen ihres Herrn an einem Baum aufgeknüpft. Junker Hermann, der in Todesängsten war und dasselbe Schicksal erwartete, benahm sich kläglich. Gleich einem kleinen Knaben wimmerte und stöhnte er und bot dann wieder all sein Hab und Gut als Lösegeld an. Als ihm schliesslich Werner sagte, ein solcher Tod sei viel zu gelinde für ihn, er soll sich nur noch etwas gedulden, bis man alle seine Schandtaten aufgedeckt habe, da fing der Junker zu fluchen und zu schimpfen an, dass es selbst diesen abgehärteten Männern zu bunt wurde.

Werner gebot ihm zu schweigen, sonst werde man ihm den Mund zustopfen. Das wirkte. Hermann verfiel darauf in eine wortlose Dumpfheit und liess sich widerstandslos inmitten seiner gefangenen Knechte fortführen. Heinrich aber warnte den Grafen Werner, dem Junker nicht zu trauen.

«Ihr habt recht», sagte dieser. «Ich selbst werde den Zug nach Rotberg geleiten, wer weiss, welche List er sonst noch ersinnen könnte.»

So geschah es. Während Heinrich mit seinen beiden Söhnen nach Flüh zurückkehrte, führte Werner den traurigen Zug der Gefangenen durch die schweigende Nacht, um sie auf seiner väterlichen Burg in Sicherheit zu bringen.

Graf Werner schauderte einige Male zusammen. Heute kam ihm alles so gespensterhaft vor, als ob er es zum ersten Male erlebte. Und zwischenhinein grinsten ihm wieder die gläsernen Augen der zwei gerichteten Wegelagerer entgegen. Hätte er vielleicht doch nicht so rau und rasch handeln sollen? Bah, dumme Gedanken! Wenn sein Bruder Arnold im Verliesse von Sternenberg vermodert wäre, was dann? Und es hätte geschehen können!

Dem unruhigen jungen Ritter ging der Zug viel zu langsam voran, immer und immer spornte er die Kriegsknechte und Gefangenen zur Eile an. Junker Hermann liess alles mit sich geschehen, als ob er gefühllos geworden wäre. Er gab keinen Laut mehr von sich. Er schien sich in eine stille Wut hinein verbissen zu haben, sodass er von nichts mehr Kenntnis nahm. Wie sind diese Halunken wohl auf seine Schliche gekommen? Das möchte er gern wissen! Alles andere lässt ihn kühl. Aber fragen will er nicht, dazu ist er zu stolz.

Man hatte den Bestimmungsort erreicht. Durch Fackelzeichen hatte man sich mit dem Turmwächter verständigt. Die Burgwache von Rotberg nahm die Gefangenen in Gewahrsam und die Kerkertüren öffneten sich weit und schlossen sich klirrend hinter den bedauernswerten Gästen. Graf Jakob und seine Tochter waren nicht zu Hause, sondern bei Anbruch der Dunkelheit nach Flüh geritten, um dort den befreiten Sohn und Bruder zu begrüssen. Werner kehrte daher nach Erledigung seiner Aufgabe sofort um; denn auch ihn erwartete man sehnlichst bei der kleinen Feier in Flüh.

7. Kapitel

Unterdessen hatte sich im Badhaus Flüh eine rührende Szene abgespielt. Das Wiedersehen von Vater und Sohn, Bruder und Schwester und – Braut und Bräutigam.

Mit der grössten Ungeduld hatten Graf Jakob und Kunigunde im obern Saale des Badhauses gewartet, bis endlich von Sternenberg her der Hufschlag von Pferden hörbar wurde. Näher und näher kamen sie.

«Das muss Arnold sein!», rief freudig Kunigunde.

«Ich glaube auch», entgegnete Helena, die eben eilig in den Saal getreten war, um das Nämliche zu melden. Alle eilten die Stiege hinunter vor das Haus. Dort hatten die Reiter Halt gemacht. Als Erster sprang vom Pferde Arnold, eilte auf seinen Vater zu und umarmte ihn.

«Vater, nun bin ich wieder frei!», rief der Junge. Dann liess er den Vater los und fiel seiner Schwester Kunigunde um den Hals und küsste sie auf die Stirne.

«Gott sei Dank, ich habe meinen Bruder wieder!»

«Und ich meine besorgte Schwester!», lachte Arnold.

Neben Kunigunde stand Marie im Scheine der Fackeln. Mit leuchtenden Augen blickte sie den Jungen an und schien von seinem Anblicke ganz bezaubert. Da sprach Kunigunde zu Arnold:

«Vergiss nicht, vor allem Marie zu danken; denn ihr verdankst du grösstenteils deine Befreiung.

«Wie, Marie, du hättest mich befreit?»

Marie blickte verlegen zu Boden und schwieg. Ihr Gesicht, das im Schein der Fackeln rot aufleuchtete, bedeckte sie mit der Hand, um ihre Verlegenheit zu verbergen. Da kam ihr aber Graf Jakob zu Hilfe, indem er sprach:

«Ja, so ist es. Ihr und ihrem Vater verdanken wir es, dass wir deine Spur entdeckten. Ihnen gebührt daher vor allen Dingen unser Dank!»

Arnold ergriff die Hand Maries und küsste sie mit ritterlichem Anstand.

Ganz verwirrt zog sie die Hand zurück, verneigte sich rasch und wandte sich dem Hause zu und sprach:

«Entschuldigung! Ich habe droben noch zu tun, die Mutter wartet auf mich.»

Arnold schaute ihr sinnend nach. Dieser jungen Frau verdankt er seine Rettung, und gerade an sie musste er in den vergangenen Kerkerstunden so oft denken. Zu seinem Vater sprach er halblaut:

«Schade, dass dieses Mädchen keine Grafentochter ist, ich glaube, ich könnte an ihrer Seite glücklich werden.»

Graf Jakob meinte etwas trocken lächelnd: «Wirb zuerst einmal um die Bürgerstochter, vielleicht wird sie dann in eine Grafentochter umgewandelt.»

«Wie meinst du das, Vater?»

«Hab noch einige Augenblicke Geduld, dann wird sich alles aufklären», flüsterte ihm dieser ins Ohr.

Frau Helena, die Flühwirtin, war es nicht so festlich zu Mute; denn sie wusste, dass ihr Mann und ihre beiden Söhne oben in der Räuberhöhle von Sternenberg unterdessen noch schwere Arbeit leisten mussten. Werden wohl alle drei wieder heil und gesund in ihre Arme zurückkehren? Wenn ja, dann will auch sie sich herzlich mitfreuen.

Da nahen sich in raschem Trab einige Reiter. Ja, sie sind's, Heinrich, Dido und Hugo. Die Hünengestalt des Schmiedes wird bald auf der Strasse sichtbar. Dido und Hugo sind seine wahren Abbilder und erscheinen in ihrer Kriegsrüstung als zwei gewaltige junge Recken.

Die drei wurden stürmisch begrüsst, und jedermann, auch Graf Jakob, bemüht sich, ihnen beim Ablegen der Rüstung behilflich zu sein.

Heinrich erzählt rasch den Ausgang der Angelegenheit, die Gefangennahme des Junkers, die Hinrichtung der beiden Helfershelfer und die Abführung der Gefangenen nach Burg Rotberg. Graf Werner werde auch bald erscheinen, dann aber nach kurzer Ruhe nach Basel reiten, um dort den Handel möglichst rasch zu Ende zu führen.

Plötzlich erhebt sich Graf Jakob aus seinem Lehnsessel oben am Tische, gebietet Ruhe und spricht mit feierlichem Ernst:

«Nächst Gott verdanke ich die glückliche Rettung meines Sohnes Arnold Euch, Heinrich, Marie, Dido und Hugo. Ihr alle habt redlich zusammengearbeitet, um den Vermissten aufzufinden und zu befreien. Darum gebührt es sich, dass ich Euch meinen herzlichsten Dank erstatte. Ich tue das vor allem, indem ich ein Geheimnis verrate, das ich Jahrzehnte schon sorgfältig gehütet habe; denn ich glaube, dass es jetzt an der Zeit ist, den Schleier, der darüber liegt, endgültig zu lüften.»

Aller Augen waren gespannt auf den alten Grafen gerichtet. Dieser aber schaut einige Augenblicke den Flühschmied forschend an, und da dieser mit dem Haupte leicht nickt, fährt Jakob mit erhobener Stimme weiter:

«Ich muss Euch allen verraten, dass Heinrich, der bis anhin als ein gewöhnlicher Schmied unter uns lebte, der Spross eines der berühmtesten deutschen Adelsgeschlechter ist, sein voller Name lautet nämlich: Graf Heinrich von Löwenstein!»

Hier wurde er durch einen Schrei unterbrochen. Frau Helena, die soeben durch die Tür eingetreten war, hatte die letzten Worte noch gehört und flehte:

«Lasst uns schlichte Bürgersleute bleiben und nichts anderes! Herr Graf, wir waren so glücklich und zufrieden, jetzt ist alles vorbei!»

Heinrich sprach:

«Fasse dich, Helena. Das Geheimnis ist jetzt enthüllt, unsere Kinder wissen nun, dass sie aus adeligem Geblüte sind. Wir durften es ihnen nicht mehr länger verschweigen, es wäre ein Unrecht gewesen.»

In namenlosem Staunen hatte die ganze Gesellschaft zugehört und zugeschaut. Wie gebannt standen Marie, Dido und Hugo. Der Letzte konnte sich schliesslich nicht mehr halten, sondern rief:

«Nun bin ich ein Graf. Ich bin ein Graf!»

Beide betrachteten einander mit glänzenden Augen, als ob sie sich zum ersten Mal sähen. Marie fiel ihrer Mutter um den Hals und rief vor Freude weinend und jubelnd:

«Mutter, hab ich's nicht gefühlt, schon lange gefühlt? Zog es nicht mein Herz stets nach oben, nach den Idealen des wahren Adels und der Ritterlichkeit!»

Helena trocknete allgemach die Tränen ab und sprach beinahe zärtlich:

«Marie, meine Tochter, du bist seither so gut adelig gewesen wie jetzt, denn nicht im Titel und im glänzenden Wappenschilde besteht der wahre Adel, sondern in der Gesinnung. Ich habe dich adelig, fromm und gut erzogen. Das sei und bleibe dein Grafentitel. Wer aber den Adel des Herzens verliert und sich Schandtaten erlaubt, wie der Junker von Sternenberg, der schändet seine Standesehre und ist trotz seines Titels kein Adeliger mehr. Merkt euch das, meine Söhne!»

So sprach ernst Frau Helena, wie eine Prophetin anzuschauen in ihren verweinten Augen und schmerzhaften Gesichtszügen. Als kluge Gattin und Mutter verstand sie das unerbittliche Gebot der Stunde und tat ihre Pflicht, indem sie sich in das Unabänderliche fügte, aber auch ihren Kindern sofort diese Ermahnungen gab an der Schwelle des neuen Standes. Diese Worte waren gleichsam der Ritterschlag der Mutter.

Jakob, Arnold und Kunigunde hatten verwundert diesem seltsamen Schauspiele zugeschaut. Dieses plötzliche Aufwallen des edlen adeligen Blutes war auch für sie alle ein Beweis für dessen Echtheit und die wahre ritterliche Gesinnung der ganzen Familie des bisherigen biederen Flühschmiedes. Jetzt waren die Standesunterschiede mit einem Schlage beseitigt.

Graf Arnold war in der höchsten Spannung, was die nächsten Augenblicke wohl bringen würden. Sein Herz war voll zum Zerspringen. Erregt flüsterte er dem Vater etwas ins Ohr und schaute unverwandten Blickes auf Marie. Nachdem nun etwas Ruhe eingetreten war, erhob sich der alte Graf von neuem und sprach:

«Graf Heinrich von Löwenstein, anstatt Euch für Eure Ruhmestat eine Belohnung geben zu können, muss ich vielmehr im Namen meines Sohnes etwas von Euch fordern: Arnold bittet um die Hand Eurer Tochter Marie.»

«Meinerseits besteht kein Hindernis. Wenn sich Herz zu Herze findet, geb ich dazu meinen väterlichen Segen.»

Da eilt Arnold auf Marie zu und streckt ihr die Hand entgegen. Sie ergreift sie zitternd und schüchtern und lehnt sich dabei verlegen an ihre verwunderte Mutter, gleich, als wolle sie bei ihr Schutz suchen vor dem Drängen ihres eigenen Herzens. Aber es bleibt doch dabei: Herz und Hand haben sich gefunden, und von dieser mitternächtigen Stunde an sind Graf Arnold von Rotberg und Gräfin Marie von Löwenstein, die Tochter des ehemaligen Flühschmiedes, Verlobte. Da

Dido dies sieht und hört, tritt er plötzlich zu seinem Vater hin und spricht laut:

«Graf Heinrich von Löwenstein, mein Vater, ich, dein Ältester, will dir auch meinen Herzenswunsch offenbaren. Er geht nach Kunigunde von Rotberg. Wirb für mich um sie, ich werde Ehre für sie einlegen!»

Graf Jakob scheint gar nicht überrascht zu sein, sondern spricht ruhig zu seiner Tochter Kunigunde:

«Ich weiss, dass dies schon lange auch dein Herzenswunsch ist, und Graf Heinrich weiss es ebenfalls. Darum gebe ich zum Voraus meine Zustimmungen zu dieser Brautwerbung. Es hängt also von dir allein ab.»

Kunigunde kann vor Überraschung und Verwirrung kein Wort erwidern. Dido aber ist Herr der Lage, geht auf seine Geliebte zu, beugt vor ihr das Knie, wie er so oft bei Rittern gesehen hat, und küsst ehrfürchtig ihre Hand. Doch da tritt plötzlich ein grosses Hindernis dazwischen, nämlich Graf Werner. Er ist unbemerkt im Saale erschienen, überschaut mit einem Blicke die Lage und gerät urplötzlich in die grösste Entrüstung. In seinen Augen ist Heinrich immer noch der einfache bürgerliche Flühschmied und Dido, dessen Sohn, ein Schmiedgeselle, auch ohne dass Graf Jakob Zeit gehabt hätte ein Wort der Aufklärung zu sagen, ruft er mit dröhnender Stimme den beiden zu:

«Niemals gebe ich das zu. Nur ein turnierfähiger Ritter erhält meine Schwester zur Braut, sonst niemand, das erfordert die Ehre meines Hauses!»

Dido springt auf und erwidert keck:

«Graf Werner, ich werde mich turnierfähig erweisen! Mit wem gilt's und wann?»

«Ich selbst werde die Partei meiner Schwester verfechten, doch nur mit einem geborenen Ritter!», ruft Werner entrüstet und wegwerfend.

«Das bin ich, Graf Werner von Rotberg, euer Vater hat es soeben bezeugt, und mein Blut sagte es mir schon lange. Ich werde aber um Kunigunde, meine Braut kämpfen! Hier meine Hand, schlagt ein!»

Graf Jakob weiss nichts zu erwidern, um seinen Sohn zu beruhigen. Er gibt ihm nur rasch ein Zeichen, und Werner ergreift beinahe verächtlich die dargebotene Hand. Nach Ritterbrauch muss das Turnier stattfinden, trotzdem der alte Graf das rasche, ungestüme Wesen seines ehrsüchtigen Sohnes missbilligt. Weder Dido noch Werner treten von ihrem Vorhaben zurück, nur will man über Art und Weise des Turniers und über Tag und Stunde später noch verhandeln.

So brachte diese Nacht des Überraschenden zu viel. Mitternacht war längst vorbei und man vernahm schon irgendwoher verfrühte Hahnenschreie. Doch die ritterliche Gesellschaft trennte sich erst, als der Morgenstern einen neuen Tag ankündigte. Denn einiger Ruhestunden bedürfen auch die glücklichsten Menschen, und die Natur beharrt stets auf ihren unveräusserlichen Rechten.

8. Kapitel

Beim Morgengrauen verbreitete sich rasch die Kunde durch das Leimental, dass man den Grafensohn von Rotberg auf Sternenberg gefunden habe. Viele Neugierige strömten herzu, um sich den Schauplatz anzusehen. In die Burg selbst konnte niemand vordringen, weil die aufgestellten Wächter alle Zugänge abgesperrt hatten. Was die Leute aber hinter der Burg sahen, war grauenhaft genug und sagte ihnen alles. An einem Baume fanden sie die beiden Brüder Hans und Uli aufgeknüpft, und unter ihnen am Boden lag ihr alter Vater auf den Knien, rief abwechslungsweise ihre Namen, raufte sein struppiges graues Haar und gebärdete sich wie ein Wahnsinniger. Ja, er schien wirklich vom Wahnsinne befallen zu werden, denn plötzlich lachte er hell auf, sprang empor und tanzte im Kreise herum wie ein Jüngling auf dem Tanzboden. Dann schrie und tobte er wieder, um bald darauf seine beiden Söhne mit den zartesten Kosenamen zu rufen.

Der arme Mann hatte in kürzester Zeit zu viel erlebt. Ahnungslos schritt er am Morgen den Waldweg empor, um für seine Kuh oben auf einer Matte Gras zu mähen. Dann kam er am verhängnisvollen Baum vorbei, sah als Erster die Gehängten und erkannte sie auch sofort. Zuerst war er starr vor Schrecken, und sein Vaterherz drohte stillzustehen. Dann aber verwirrten sich seine Sinne, und seitdem kämpfte der Wahnsinn in seinem Gehirn.

Schliesslich führten mitleidige Nachbarsleute den ärmsten Vater mit Gewalt fort, um ihn an einem sichern Orte unterzubringen. Vielleicht, dass nach dem Verschwinden des ersten Schmerzes und Schreckens die umnachteten Sinne wieder klarer werden. Scheu schlichen viele der Neugierigen davon, sie hatten genug.

«Das sind grausige Geschichten», meinte zitternd ein alter Mann. «So etwas habe ich in meinem ganzen Leben noch nie erlebt, ich habe schon vieles durchgemacht. Aber sehr wahrscheinlich wird noch viel Schrecklicheres zutage kommen, wenn man heute das Raubnest da gründlich untersucht.»

«Ja, ja, der junge Graf soll vom Junker grausam gemartert worden sein. Doch hat man ihn noch rechtzeitig befreien können, sonst wäre es ihm ans Leben gegangen.»

«Wo ist jetzt der Junker?», fragte der Alte wieder.

«Das weiss der Kuckuck! Den soll in der Nacht der Leibhaftige geholt haben. Vor einer Stunde hat man hier ganz deutlich den Gestank von Schwefel und Pech wahrnehmen können. Meine Frau hat auch gesagt, hinter Sternenberg habe es die ganze Nacht merklich getost und gepoltert. Wer sonst soll diese beiden Burschen da aufgehängt haben? Das ging nicht mit rechten Dingen zu. Den Junker aber hat die Hölle mit Haut und Haar verschlungen.»

«Au, au, der ist sicher vierspännig hinuntergefahren!», rief ein Dritter, der den beiden zugehört hatte. Der Alte meinte wieder:

«Das glaube ich auch. Aber der Teufel hätte auch gerade noch das ganze steinerne Raubnest mitnehmen sollen, dann könnte kein Ritter mehr hineinsitzen. Möge der Herrgott uns bald einmal von dieser Landplage befreien! Man ist ja seiner Haut nie sicher, weder bei Tag noch bei Nacht. War das eine tollkühne Tat, den Grafensohn von Rotberg bei lichthellem Tage abzufangen! Aber nun hat der Junker seinen gerechten Lohn.»

So ergingen sich die Leute in Mutmassungen über die Ereignisse der letzten Nacht. Einer der Burgwächter versuchte ihnen die Wahrheit zu erzählen, soweit er sie eben wusste. Übrigens werde der alte Graf von Rotberg bald eintreffen, um die ganze Burg Sternenberg zu untersuchen, die Gefängnisse, Kerker und Verliesse zu öffnen und die armen Gefangenen zu befreien. Dann werde noch manches Geheimnis gelüftet werden. Sie sollen sich noch einige Zeit gedulden.

Unterdessen sprang ein Junge herbei, der atemlos erzählte, man habe unter der Burg den Turmwächter mit zerschmetterten Gliedern tot aufgefunden. Er müsse von oben herabgestürzt worden sein. Das gab der Phantasie der Landleute neue Nahrung, und sie malten sich die grausamsten Geschichten aus. Jeder fand jetzt einen Erklärungsgrund für die vielen geheimnisvollen Raubüberfälle der letzten Zeit und was sonst noch irgendwie Rätselhaftes vorgekommen war. Alles wurde dem Junker von Sternenberg in die Schuhe geschoben.

Im Laufe des Vormittages kam Graf Jakob in Begleitung des Flühschmiedes und seiner beiden Söhne, um das begonnene Werk zu vollenden. Als er den dunklen Ort betrat, schauderte er zusammen. Da hätte der blühende Junge vielleicht vermodern müssen! Anfangs konnte er nichts sehen, trotzdem draussen der hellste Maientag war. Erst nach und nach vermochte sein Auge verschiedene Gegenstände zu unterscheiden, vor allem etwas weiss Schimmerndes in einer Ecke. Graf Jakob bückte sich danach und hatte ein Papierstück in der Hand. Er hatte wohl eine dunkle Ahnung, was es sein mochte. Darum trat er rasch in den hellen Hof hinaus, überflog das Schreiben und erkannte sofort, dass es die gleichen Schriftzüge trage wie das Erpressungsschreiben von gestern Abend.

«Graf Jakob von Rotberg hat bereits seinerseits die Urkunde der Verzichtleistung unterschrieben und sie versiegelt Ritter Hermann übergeben», so stand wörtlich da.

Der alte Graf traute seinen Augen kaum.

«Dies alles bezeugt, bekräftigt, besiegelt, beschwört und beurkundet eigenhändig ...»

Die Unterschrift fehlt. Also hat sich Arnold nicht überreden und zwingen lassen! Dass er ihm heute Morgen von diesem Schreiben noch nichts gesagt hat! Wahrscheinlich dachte er nicht mehr daran, aus lauter Freude, die Freiheit wieder erlangt zu haben. Graf Jakob rief Heinrich herzu:

«Seht einmal, wie gemein es Junker Hermann versucht hat, meinen Sohn zum Verzicht auf sein und mein Vermögen zu zwingen.»

Graf Heinrich nahm das Schriftstück, las es rasch und sprach:

«Allerdings, das ist etwas Unerhörtes! Doch jetzt liegt die Sache klar da. Im Schreiben von gestern Abend schob Junker Hermann seine Partei vor, hier tritt er offen in eigener Person als Erpresser hervor. Aber auch hier hat er sich durch seine eigene Schlauheit gefangen. – Diese Junkerpartei ist wirklich eine Gefahr für Stadt und Land.»

In diesem Augenblicke wurden die beiden Grafen von Hugo und Dido gerufen, um mit ihnen die erbrochenen Gefängnisse zu durchsuchen. Was sie da fanden, spottet jeder Beschreibung. Einige halb verhungerte Gestalten wurden zutage befördert, in denen man nur noch schwer menschliche Wesen erkennen konnte. Schliesslich entdeckte man in ihnen Kaufleute, von denen einige vor Jahren schon auf rätselhafte Weise verschwunden waren. Durch die lange unmenschliche Kerkerhaft waren sie nicht nur körperlich gebrochen, sondern auch geistig so heruntergekommen, dass sie anfangs weder sehen noch ein lautes und verständliches Wort sprechen konnten.

Dem Grafen Jakob traten bei ihrem jammervollen Anblick Tränen in die Augen, denn er musste immer daran denken, dass dies alles auch seinem Sohne hätte bevorstehen können. Sofort wurde alles angeordnet, um den völlig Erschöpften eine angemessene Pflege zukommen zu lassen.

Nachher betrat man den geheimnisvollen Gang, in dem man nachts den Junker gefangen hatte. Man wollte ihn jetzt ganz gründlich untersuchen. Zwei Kriegsknechte mit Fackeln schritten vorsichtig voran. Die Abzweigung nach links war lediglich ein Ausgang nach der hintern geheimen Türe. Der Gang nach rechts aber weitete sich nach etwa fünfzig Schritten in ein kellerartiges, gemauertes Gewölbe, dem durch einen verschliessbaren Schacht von oben Luft und Licht zugeführt werden konnte. Hier waren die geraubten Schätze des Junkers von Sternenberg aufgespeichert: Gold- und Silbergefässe, Gold- und Silbermünzen, Armspangen, Ohrgehänge, Ketten. Auf der einen Seite des Gewölbes waren Holzgestelle, belegt mit allerhand Handelsartikeln, Tuchballen, Fässern und Säcken.

«Wahrhaftig, ein armer Junker, dieser Hermann!», rief Heinrich aus.

«Ja, arm wie eine Kirchenmaus!», lachten Dido und Hugo.

Graf Jakob rief entrüstet:

«Ich hätte grosse Lust, dieses Raubnest sofort dem Erdboden gleichzumachen. Aber die Burg gehört meinem Freunde, dem Grafen von Thierstein, und ist gegen seinen Willen so entsetzlich missbraucht worden, drum will ich sie stehen lassen. Wer hätte aber geglaubt, dass Hermann, den wir als Ehrenmann achteten, solch ein Dieb, Räuber, Erpresser und Mörder wäre? Wenn ich es jetzt nicht mit Augen sähe und beinahe am eigenen Leib erfahren hätte, würde ich so etwas nie für möglich gehalten haben.»

«Habsucht und Parteihass sind im Stande, das Herz eines Mannes so zu vergiften, dass jede edle, ja jegliche menschliche Regung daraus verdrängt wird», erwiderte Heinrich.

Im Hofe gab Jakob Befehle, die beiden Erhängten sofort zu begraben, die Zugänge zur Burg recht scharf zu bewachen und stets auf der Hut zu sein, um jedem Überfall von Seiten der Sternenritter sogleich begegnen zu können. Denn diese könnten einen Entsatz der Burg wagen, um die Gefangennahme Junker Hermanns zu rächen. Auf den Abend werde er der Wache Verstärkung zukommen lassen. Sodann ritten die Grafen Dido und Hugo davon. Die Sonne stand bereits auf Mittag, und Graf Jakob war heute Gast beim Grafen Heinrich, dem Flühschmied. Man ritt langsam und schweigend des Weges. Jeder hatte genug mit seinen eigenen Gedanken zu schaffen. Die Eindrücke auf das Gemüt waren so mannigfaltig und mächtig gewesen, dass man sich schwer davon frei machten konnte.

«Gerechtigkeit muss sein», sprach schliesslich Graf Jakob halblaut vor sich hin. «Dürfte man wohl solche Gräueltaten unbestraft lassen?»

Heinrich, der an dessen linken Seite ritt, hatte die Worte gehört und meinte:

«Gewiss, Gerechtigkeit muss sein! Der strafende Arm Gottes hat den Junker bereits getroffen, und sein Gericht hat ihn ereilt. Das ungerecht vergossene Blut hat zum Himmel um Rache geschrien. Gottes Mühlen mahlen langsam, aber sicher.»

Den jungen Grafen Dido beschäftigten indessen andere Gedanken. Er träumte von Kampf und Turnier, von Ruhm und Sieg. Er musste sich seine geliebte Kunigunde im ritterlichen Kampfspiel erobern, sie war der Siegespreis. Wird sie den Siegeskranz auf sein junges, ritterliches Haupt ihm setzen können? Das hängt von ihm ab, von seiner Tapferkeit, Ausdauer und Gewandtheit. Deshalb muss er sich in den kommenden Wochen in diesen ritterlichen Kämpfen üben. Eine heisse, aber glorreiche Zeit bricht jetzt für ihn an. Er wird seinen Mann stellen.

Hugo ritt still mit seinen eigenen Gedanken beschäftigt neben seinem Bruder. Er hatte nun auch einen Blick ins offene Leben getan, und das war durchaus anders, als er es sich bisher vorgestellt hatte. Was wird die Zukunft für ihn bringen?

In Basel war grosse Aufregung. Die Nachricht vom geheimnisvollen Verschwinden Arnolds von Rotberg hatte sich mit Windeseile in der Stadt verbreitet und bildete das Tagesgespräch allüberall: in den Werkstätten und Zunftstuben, auf dem Markt und in den Küchen, auf den Ratsstuben und in den Mönchszellen. Dessen Vater, Graf Jakob, war in Basel sehr angesehen und geachtet von Hoch und Niedrig, darum war auch das Mitleid mit ihm gross und allgemein. Als aber bald darauf die Nachricht von der Auffindung des Grafensohnes auf Schloss Sternenberg und seine Befreiung durch den Flühschmied vom Leimental her durch Eilboten gemeldet wurde, löste es überall aufrichtige Freude und Genugtuung aus. Doch auch die Abscheu vor dem gemeinen Treiben des Junkers vom Sternenberg regte sich, so wie eine feindselige Einstellung gegenüber der Gilde der Sternenritter, deren Anführer Hermann war. Die herrschende Partei der Sittiche (Papageien) machte die Angelegenheit sofort zur Parteisache.

Als daher Werner von Rotberg und zweiter Bürgermeister Burkhard von Landskron gegen Mittag am Eselstürli ankamen, wurden sie von einer Abordnung der Ritter- und Bürgerschaft Basels und einer grossen Volksmenge stürmisch begrüsst. Wie im Triumphzuge wurden die Ankömmlinge durch die Suterstrasse und Gerbergasse über den Rindermarktplatz nach dem Richthause (Rathaus) geführt, wo beinahe der ganze Stadtrat in Amtstracht versammelt war. Der Bürgermeister beglückwünschte Graf Werner zur glücklichen Befreiung seines Bruders Arnold und lud ihn ein, gemeinsam mit den versammelten Stadtvätern zu beraten, wie man in Zukunft ähnlichen Verbrechen unter der Basler Ritterschaft wirksam begegnen könne.

Werner von Rotberg dankte für die liebenswürdige Aufmerksamkeit des erlauchten Bürgermeisters, der edlen Stadträte und der wohllöblichen Bürgerschaft. Dann aber schwoll seine Stimme an und wurde hart, da er sprach:

«Ich habe den Beweis in den Händen, dass der Raub meines Bruders eine Parteiangelegenheit der Ritter von der Sternengilde war – hier ist er!»

Dabei zog der junge Ratsherr den Erpressungsbrief aus der Tasche und las ihn der erlauchten Versammlung vor. Einige Augenblicke der höchsten Spannung folgten, sodass man das Plätschern des Brunnens draussen im Hofe beinahe als eine Störung empfand. Ausrufe des Staunens und der Bestürzung durchbrachen schliesslich die allgemeine Stille. Ritter Burkhard von Landskron nahm das Wort und sprach:

«Über Junker Hermann von Sternenberg muss ein strenges, unerbittliches Gericht ergehen, das ist klar. Aber seine Verbündeten, die Sternritter, dürfen auch nicht straflos ausgehen. Darum sage ich ihnen allen im Namen meines Freundes Werner von Rotberg Fehde an und bitte den erlauchten Bürgermeister und hohen Rat von Basel, zu beschliessen, dass bis heute Abend zum Torschluss jeder Anhänger der Sternengilde die Stadt zu verlassen habe. Wer es versäumen sollte, dies zu tun, dem soll Entziehung der Güter und Kerkerhaft in Aussicht gestellt werden.»

Ritter Burkhard, der Zweite Bürgermeister von Basel, sprach's, zog seinen Handschuh und warf ihn einem Mitgliede des Rates, dem Freiherrn von Ramstein, vor die Füsse. Der nahm ihn auf, wandte sich rasch ab und verliess mit einigen Ratsherren grollend den Richtsaal. Es waren dies alles Anhänger der Sternenpartei.

Die Zurückgebliebenen, teils Mitglieder des Sittichs, teils bürgerliche Stadtherren, stimmten dem Vorschlage Burkhards und Werners mit grosser Mehrheit zu. Der Stadtschreiber musste sofort den Beschluss auf's Papier bringen, um ihn vom Stadtweibel öffentlich auf allen Strassen, Gassen und Plätzen Basels verkünden zu lassen. Er lautete:

«Es sei hiemit allen ehrenfesten Herren und Bürgern Basels bekannt gemacht, dass sämtliche Ritter und Herren, die der Sternengilde angehören, das Gebiet der lobesamen Reichsstadt Basel bis heute Abend zum Torschluss zu verlassen haben. Ritter Burkhard aber, Graf von Landskron und Zweiter Bürgermeister dieser Stadt, hat den Sternenträgern im Namen der Sittichgilde Fehde angesagt, weil er volle Sühne haben will für das Unrecht, das dem edlen Grafenhause von Rotberg vom Hauptmann ebenderselben obgenannten

Partei, nämlich von Junker Hermann von Sternenberg, zugefügt worden ist. Ruhe, Frieden und Sicherheit muss sein in unserer Stadt und deren Untertanengebieten.

Gegeben zu Basel, am Freitag nach Kreuzerfindung im Jahre 1356.

Bürgermeister und Rat der Stadt Basel.»

Das Schicksal der Sternenritter war somit besiegelt. Wenn Graf Burkhard von Landskron so auftrat, dann wusste jedermann, dass nicht Spass getrieben wurde. Er war ein Ritter ohne Furcht und Tadel, berühmt, gross von Gestalt und überlegen an Geist und Verstand. Wer ihn zum Freunde hatte, der war besser geschützt als durch Wall und Graben, und wem er feind war, der musste sein Heil in der Flucht suchen oder sich nach mächtigeren Bundesgenossen umsehen.

In der Stadt Basel selbst konnten die Sternenjunker keine Hilfe erwarten. Zuerst machten sie allerdings Miene, sich im Ramsteinerhofe verschanzen zu wollen. Aber da in allernächster Nähe der Hof derer von Thierstein gelegen war, gaben sie nach einiger Überlegung das Vorhaben wieder auf. Unter Drohungen, Fluchen und Schimpfen, begleitet vom Hohn und Spotte der Basler zog ein Sternenritter nach dem andern in verschiedener Richtung zu den Stadttoren hinaus. Und lange bevor das Trompetenzeichen zum Torschlusse gegeben wurde, befand sich kein Anhänger der Sternengilde mehr in der Stadt Basel. Die Rache hatte bereits ihren Anfang genommen.

9. Kapitel

In der Schmiede von Flüh sprühten wieder die Funken. Tag und Nacht beinahe standen Dido und Hugo an der Esse und am Amboss und am Schraubstock. Jetzt schmiedeten sie wirklich an ihrem Glücke. Zunächst musste Dido für sich eine neue, turniertaugliche Rüstung herstellen; stahlhart, hieb- und stichsicher, aber zugleich leicht tragbar musste sie sein. Diesmal wollte der junge Schmied seine ganze Kunst zusammennehmen und sein Meisterstück leisten. Vater und Bruder standen ihm mit Rat und Tat zur Seite.

«Vater», sprach er eines Tages, «schon so manchem Ritter haben wir miteinander Rüstung und Waffen geschmiedet. Unsere Arbeit ist geschätzt und berühmt in allen ritterlichen Kreisen. Allbekannt ist, dass es eine gute Streitaxt braucht, um unsere Stahlhelme zu durchschneiden. Doch, nun gilt's den Stahl noch zehnmal härter und biegsamer zu schmieden; denn auch Graf Werner trägt einen unserer Panzer, und mit ihm muss ich um mein Glück ringen.»

«Die Rüstung allein tut's nicht, mein Sohn. Du musst den Stössen, Hieben und Stichen kunstgerecht zu begegnen wissen.»

«Das wirst du mich lehren, Vater, wenn die Rüstung fertig ist.»

«Ja, ich werde es dich lehren, so gut ich's kann. Doch es ist schon lange her, dass ich ein Turnier mitgemacht habe, so an zwanzig Jahren werden es sein.»

«Aber du seist doch in den Waffenkünsten ein Meister gewesen, hat mir die Mutter gestern gesagt. Und du habest sie einst auch in heissem, ritterlichem Kampfe ihrem Vater abringen müssen ... ist's nicht so?»

«In der Tat, so ist's», entgegnete Heinrich mit halblauter Stimme. Und während er seine Hände am russigen Schurzfell abwischte, nahmen seine Augen einen so träumerischen, leuchtenden Ausdruck an, als ob er gerade jetzt als Sieger und Held des Tages beglückwünscht und bekränzt würde. Etwas zögernd sprach er dann weiter:

«Das war vor gut fünfundzwanzig Jahren, und fünf Jahre später war mein letztes Turnier, das mir zum Verhängnis wurde. Ich kämpfte mit dem Bruder eurer Mutter um die Ehre des furchtlosesten, sattelfestesten Ritters. Zu Aachen war's, der alten Krönungsstadt. Der Kaiser, die Kaiserin, die vornehmsten Frauen und Ritter des Deutschen Reiches waren erschienen, um diesen abwechslungsreichen, prächtigen Turnieren und kühnen Ritterspielen zuzuschauen. Auf unsern Strauss war jedermann gespannt, und daher übten wir uns sorgfältig ein. Die ersehnte Stunde kam, und wir beide wurden auf den Plan gerufen. Wir mussten wohl einen seltenen Anblick bieten; denn von allen Seiten jubelte man uns zu, sogar der Kaiser grüsste uns von seinem Hochsitze aus durch huldvolles Kopfnicken. Der Kampf begann und war lange und heiss. Keiner wollte dem andern den Siegespreis gönnen. Immer hitziger stiessen wir aufeinander, immer wilder wieherten die Pferde. Da – da …»

Hier hielt Heinrich inne und lehnte sich an den Amboss.

«Und dann – und dann?», riefen die Söhne.

«Ja, dann, bei einem urplötzlichen Anprall bäumten sich unsere Rosse hoch auf, und meine Lanze fuhr dem guten Hildebrand mit aller Gewalt gegen das Visier, und vom Anprall betäubt stürzte er wie leblos vom Pferde, fiel rücklings zu Boden, brach sich das Genick und war nach einigen Augenblicken eine Leiche. – So, ja so endete mein letztes Turnier. Ich war Sieger, aber um welchen Preis! Und den Rest könnt ihr euch selber denken. Eure Mutter war untröstlich, denn sie hing mit ganzer Seele an ihrem Bruder Hildebrand. Ich aber entsagte aus Ekel und Schmerz den heiss geliebten Ritterspielen – und dem Rittertum. Ungekannt kamen wir vor zwanzig Jahren hierher und lebten seither als schlichte Bürgersleute, waren glücklich und zufrieden.»

«Jetzt verstehen wir alles, Vater», sprach Dido. «Aber warum hast du uns alles so lange verheimlicht? Du hättest es uns doch einmal sagen dürfen.»

«Es war jetzt noch früh genug, und die Folgen traten auch sofort ein, wie ihr seht: denn sonst würden wir heute nicht diesen Stahlpanzer und diese Waffen schmieden. Das Geheimnis ist jetzt enthüllt, ich habe euch die Wahrheit nicht länger verschweigen können.»

Heinrich schwieg und schaute sinnend, verschleierten Auges vor sich hin, während er seinen langen Bart mechanisch strich.

«Nun denn, schmiedet weiter an euren Rüstungen, hämmert weiter an eurem Glücke. Ich will euch helfen, wenn ihr's zwingt, soll's mich freuen.»

Dann ergriff der mächtige Mann hastig seinen Hammer und arbeitete mit solcher Wucht an einer Beinschiene, dass der Amboss dröhnte und zitterte. Dido und Hugo gingen auch wieder an ihre Arbeit, und es rasselte und prasselte und klopfte und glühte in der Schmiede bis tief in die Nacht hinein. Die drei schmiedeten ein stahlhartes Glück.

Hugo, dem jungen Helden, kam wie von ungefähr ein Lied in den Sinn, das er zum Takte des Hammers sang:

«Glück, mein Glück,
Ich rufe dich
Aus der Esse Feuerschein;
Glück, mein Glück,
Ich banne dich
In den harten Stahl hinein.

Schwert, mein Schwert,
O werde hart
Wie Granit und Diamant;
Schwert, mein Schwert,
Nach Heldenart
Schmiedet dich jetzt meine Hand.

Glück, mein Glück,
Ich zwinge dich
In des Lebens hartem Streit;
Schwert, mein Schwert,
Ich schwinge dich
Hochgemut und totbereit.»

Didos Rüstung war bald vollendet. Die Beinschienen, der Brustpanzer, die Achsel- und Armstücke und der Helm sassen dem fünfundzwanzigjährigen Hünen wie angegossen. Dazu kamen noch ein gutes Schwert, ein langer Speerschaft und eine schwere Streitaxt. Lange suchte Graf Heinrich nach einem passenden Pferde für seinen Sohn, bis er in Basel einen feurigen ungarischen Streithengsten erstehen konnte. Auch dieser musste sich den ungewohnten, kriegerischen Stahlpanzer gefallen lassen, der ihn vor Hieben und Stichen schützen sollte. Darauf hin holte Graf Heinrich seine eigene, wohlverwahrte Rüstung aus einer verborgenen Kammer hervor, zog sie an, schwang sich auf sein stolzes Pferd und lehrte seinen Sohn Dido die ruhmreiche

Kunst des Turnierens mit allen Sprüngen, Stössen, Hieben, Wendungen und Kniffen, in denen es ihm seinerzeit keiner gleichgetan hatte.

Auf der Wiese hinter dem Badhause fanden die Übungen statt. Sie lockten natürlich immer eine Menge Neugieriger herbei, die von den nahen Hügeln und Hängen herab dem seltsamen Schauspiele zuschauten. Frau Helena war anfangs gar nicht einverstanden. Alle vernarbten Wunden drohten in ihrem Herzen wieder aufzubrechen, furchtbare Träume ängstigten sie bei Nacht, alte Erinnerungen erfüllten ihre Seele bei Tag. Sie machten ihrem Gatten darüber manche Mitteilung, und oft trafen leise Vorwürfe sein Ohr. Aber Mutter Helena drang nicht mehr durch. Der alte Rittergeist war in Heinrich wieder neu erwacht, die Kinder hatten unbewusst davon geerbt, und es brauchte nur eines Windstosses, um das Feuer mächtig auflodern zu lassen. Der Zugwind kam, und das Feuer brannte.

Aber auch die geborene Rittersfrau konnte ihren Stand nicht verleugnen. Oftmals sah sie den zwei Übenden heimlich durch das Fenster zu. Dann schüttelte sie wohl den Kopf, trat missmutig hinweg, aber nur, um bald darauf von neuem das Schauspiel zu betrachten. Welch prächtiger Ritter, ihr Sohn Dido! Genau so war ihr Heinrich vor fünfundzwanzig Jahren gewesen. Und welch ritterliche Erscheinung ist dieser immer noch, trotz seiner fünfzig und etlichen Jahre! Es wäre doch jammerschade gewesen, ihn für immer dem herrlichen Ritterstande und den heiss geliebten Ritterspielen zu entziehen.

Wenn Vater und Bruder sich im Turniere übten, litt es auch Hugo nicht in der Schmiede. Mit Sperberaugen sah er ihnen zu und verfolgte mit grösster Spannung jede Bewegung. Denn auch er, der zwanzigjährige

Grafensohn, will ein ritterlicher Held werden. Gerade jetzt schmiedet er ja an seiner Waffenrüstung, an seinem zukünftigen Glücke. Die ganze Welt steht ihm dann offen. Ihn zieht es in die weite Welt, er will ein hochberühmter Ritter werden, den Heiligen Gral will er suchen und erobern. Dazu braucht es Tatkraft, Gewandtheit und ein gutes, treues Schwert. Wahrlich, grosse Pläne bergen sich in der kühnen Brust. Wird er sie wohl alle ausführen können? Jetzt aber will er zuerst sehen, wie Bruder und Schwester ihr Glück meistern. Denn oft hatte er aus dem Munde der Mutter die Worte gehört. Es sei leichter, ein wildes Ross zu bändigen, als beim Erjagen des Glückes nicht übers Ziel hinauszuschiessen. Wird wohl Dido, der frischgebackene Ritter den gewandten Werner von Rotberg aus dem Sattel heben können? Davon aber hing alles ab: Ehre, Glück, Gattin und vielleicht auch das Leben. Kann der Mensch auch so einfältig sein, und seine ganze Zukunft auf so ein Glücksspiel ankommen lassen! Hugo schien es oft, sein Bruder habe doch ein allzu gewagtes Spiel unternommen. Er schüttelte im Geheimen den Kopf und sein bartloses Gesicht nahm dann einen trübsinnigen Ausdruck an. Oft meinte er wieder:

«Es musste wahrscheinlich so kommen; denn die Kühnheit liegt den Rittern im Blute. Das wird wohl ein unabänderliches Geschick unseres Standes sein und wir, die Ritter von Löwenstein haben, wie es scheint, den vorzüglicheren Anteil davon erhalten.»

Helm, Rüstung, Wehr und Waffen werden Dido und er nun fertig haben. Ein wahrer Ritter muss aber auch eine Burg besitzen, das fehlt ihnen aber bis jetzt. Wird das Schicksal ihnen wohl auch eine Ritterburg in die Hand spielen?

Wer den vermissten Grafensohn von Rotberg aufgefunden und aus dem Kerker von Sternenberg befreit hatte, war im Leimental unter der Basler Ritterschaft ein offenes Geheimnis. Diese Tatsache und der Umstand, dass der vermeintliche Flühschmied sich als ein echter Spross eines berühmten Grafengeschlechtes entpuppte, brachten es mit sich, dass die Schmiede und das Badhaus von Flüh immer mehr von Neugierigen aus Stadt und Land besucht wurden, nur um den «berühmten Mann und seine tapferen Kinder» zu sehen und womöglich einige Worte mit ihnen zu wechseln. Dies wurde aber dem biedern Heinrich und seinen Angehörigen mit der Zeit unerträglich.

Und noch ein anderer Umstand trug dazu bei, dass der ganzen Familie ihr jetziger Wohnort unheimlich wurde. Denn durch seine kühne Tat hatte sich Graf Heinrich unbestreitbar zur Partei der Papageien bekannt und sich dadurch die Sternenritter als Gegner auf den Hals geladen. Das konnte aber sehr verhängnisvoll werden, weil das Badhaus und die Schmiede nicht im Geringsten befestigt und daher einem Überfalle macht- und wehrlos ausgesetzt waren.

Seit der Vertreibung der Sternenritter aus Basel war die Lage noch bedenklicher geworden. Es kam oft vor, dass die Turmwächter der Landskron und Rotberg am hellen Tage verdächtige Leute bemerkten. Deshalb mussten beide Burgen einen regelmässigen äusseren Wachtdienst einrichten.

So kam es also, dass Graf Heinrich gezwungen war, für sich und seine Familie eine sichere Wohnstätte zu suchen. Da die Burg Sternenberg durch die Gefangennahme des Junkers Hermann frei geworden war, ersuchte Heinrich den Grafen von Thierstein, ihm dieses einstweilen als Lehen zu überlassen. Der alte Graf willigte ein. Daher bezog Graf Heinrich, der ehemalige

Flühschmied, eines schönen Sommertages samt seiner Familie die Burg Sternenberg als neue Wohnstätte.

Hugo sagte zufrieden:

«Ein Ritter muss auch eine Burg haben! Eben das hat bis jetzt noch gefehlt!»

Mit schwerem Herzen dagegen und einem Seufzer auf den Lippen betrat Frau Helena die Burg Sternenberg. An einem Ort, der durch so viel Freveltaten entweiht war, konnte sie sich nicht heimisch fühlen. Der Pfarrer der St. Nikolauskirche von Hofstetten, der zugleich Burgkaplan von Sternenberg war, hatte zwar vorher das ganze Haus ausgesegnet und mit geweihtem Wasser besprengt. Doch dem zarten Empfinden Helenas schien es, der Segen Gottes könne sich da nicht dauernd festsetzen, wo ein Handlanger Satans so lange sein Unwesen getrieben hätte. Daher sprach sie zu Heinrich:

«Als Bürgersleute waren wir glücklich, frei und unbehelligt. Kaum sind wir wieder zu unserem Stande zurückgekehrt, heftet sich das Unglück von neuem an unsere Fersen und verfolgt uns überall hin wie ein unsichtbarer Dämon. Sollten uns diese fluchbedeckten Mauern vor ihm schützen können?»

«Nicht die Mauern schützen uns, Helena, sondern Gott und unser Schwert. Aber einen sichern Zufluchtsort und eine Deckung muss auch der tapferste Held haben, sonst fällt er den Tücken des Feindes zum Opfer!»

«Nun gut! Ich kenne dein tapferes Schwert und vertraue mich seinem Schutz furchtlos an. Aber mir ahnt nichts Gutes. In diesen engen Mauern ist mir zu schwül!»

Marie liess sich alsbald den Kerker zeigen, in dem ihr Geliebter gefangen gelegen war. Zitternd betrat sie den dunkeln Ort, kehrte aber alsogleich entsetzt wieder um. Sie wagte nicht daran zu denken, wie es hätte kommen können. Wie grausam können doch die Menschen sein, wenn sie Hass und Habsucht verblendet. Wie kaltblütig sie dann mit dem jungen, blühenden Leben spielen. Aber Gott hat Arnold vor dem sicheren, grausamen Tode bewahrt. Kann sie ihm dafür wohl genug danken?

So gut als möglich richtete sich die gräfliche Familie von Löwenstein auf Burg Sternenberg ein. Ein bleibender Aufenthaltsort konnte dies für sie nicht sein, das fühlten alle. Aber einstweilen galt es, aus der Not eine Tugend zu machen und sich ins Unvermeidliche zu fügen.

Während des Tages arbeitete Heinrich mit seinen beiden Söhnen noch regelmässig in der Flühschmiede, die ja nicht allzu weit von Sternenberg entfernt lag. Doch galt es, stets auf der Hut zu sein; denn gar mancher Ritter, der sich bei ihnen das Pferd beschlagen liess, erregte mit Recht ihren Verdacht. Und je näher der Gerichtstag in Sachen des Junkers von Sternenberg heranrückte, umso häufiger durchzogen fremde Reiter das Gelände um Sternenberg, Landskron und Rotberg, sodass die Burgwachen überall viel zu tun hatten. Es hatte den Anschein, als ob die Sternenritter einen Handstreich vorbereiteten. Nur wusste niemand zu sagen, welcher Burg es eigentlich gelte.

Unter diesen Umständen gestattete Graf Heinrich seiner Gattin und Tochter nicht mehr, das Badhaus Flüh weiter zu führen, so gern sie es getan hätten. Wie leicht hätte ein Überfall auf die wehrlosen Frauen gemacht werden können. Diese Ritter schreckten tatsächlich vor nichts zurück, und ihre Tollkühnheit kannte keine Grenzen.

Marie war es besonders leid um ihren schönen Rosengarten, den sie auf der Sonnenseite des Badhauses mit eigener Hand angelegt, gehegt und gepflegt hatte. Manchmal hatte sie dort Graf Arnold mit seiner Schwester Kunigunde besucht, und in muntern Scherzen flossen die freien Stunden rasch dahin. Doch kam die Fröhlichkeit nie so recht an die Oberfläche ihrer Seelen, denn es lag wie ein dunkler Schatten auf den Gemütern der Verlobten, dass Graf Werner unerbittlich auf dem Turniere bestand, indem er stets behauptete, davon hänge die Ehre des Hauses Rotberg ab. Nur einem stich- und hiebfesten Recken dürfe die Tochter dieses ritter-lichen Geschlechtes als Siegestrophäe anheimfallen. Dido und Kunigunde begrüssten sich daher nur kurz, und die bleiche Grafentochter kehrte jedes Mal mit rotgeweinten Augen auf ihre väterliche Burg zurück.

Mit zäher Ausdauer übte sich indessen Dido weiter in der schweren Kunst des Turnierens. Er hatte sich mit Hugo insgeheim einmal in Strassburg ein solches Ritterspiel angeschaut und dabei manches gelernt. Von Tag zu Tag wuchs auch seine innere Zuversicht und äussere Gewandtheit, sodass er mit Ruhe dem grossen Tage entgegensah. Allerdings, war dieser noch nicht endgültig festgelegt, da alles vom Gange der Gerichtsverhandlungen gegen Junker Hermann von Sternenberg abhing. Denn Graf Jakob sowohl, als auch sein Sohn Werner bestanden darauf, dass zuerst diese Angelegenheit geregelt werden solle, bevor man an Turniere und Hochzeitsfeierlichkeiten denken könne. Die drohende Haltung der Sternengilde drängte ohnehin einer baldigen Entscheidung der ganzen Angelegenheit entgegen.

10. Kapitel

Auch der Kerker von Rotberg war ein schrecklicher Aufenthaltsort für Menschen. Er war tief, feucht und kalt. Durch eine kleine Maueröffnung drangen spärliche Lichtstrahlen, und nur schwer vermochten durch sie frische Luftwellen einzuströmen, um die schwere, muffige Kerkerluft einigermassen erträglich zu machen.

Da innen sass Junker Hermann von Sternenberg auf seiner Pritsche. Er stützte den Kopf in die Hände, die Ellbogen auf die Knie und starrte mit gläsernen Augen vor sich hin. An beiden Füssen trug er eiserne Fesseln, die ihn an einen Steinblock ketteten. Wie vielen hatte er dieses und ein noch furchtbareres Los bereitet, und nun hat's auch ihn ereilt!
Schon mehrere Wochen modert er in diesem Loche, und noch immer haben sie ihn nicht gehängt, geköpft oder geviertelt.
«Wahrlich, sie sind gnädig, diese Herren!» Die Kerkerwände hallten hohl dieses heisere Lachen zurück.
Und warum rühren seine Gildenbrüder keine Finger, um ihn, ihren ehemaligen Hauptmann und Führer, zu befreien? Pfui! Welche feige, erbärmliche Gesellschaft!

Es rasselten draussen vor der eisernen Tür die Schlüssel. Der Gefangene zuckte zusammen, fuhr empor, ballte die Fäuste und zischte:
«Wahrscheinlich kommen wieder so ein vom bigotten Rotberger Grafen geschickter Betbruder, um mich zu bekehren und mir Busstränen zu entlocken! Zum Teufel auch mit diesem!»

Knarrend öffnet sich die Kerkertüre, und herein tritt der junge Graf Arnold, begleitet vom Kerkermeister, der in der Hand eine Kerze trägt. Es ist das erste Mal seit jener Begegnung im Kerker von Sternenberg, dass er den Junker wieder von Angesicht sieht. Der Vater hat ihm bisher keinen Besuch gestattet. Hermann zuckt zusammen: Jetzt kommt er, um sich an meinem Elende zu weiden. Der Jüngling gibt dem Kerkermeister ein Zeichen, die Kerze in eine Mauernische zu stellen und ihn mit dem Gefangenen allein zu lassen.

«Was wollt Ihr hier?», knurrt der Junker den Grafensohn mit tonloser Stimme an.

Doch dieser antwortet gelassen:

«Ich bin gekommen, um Euch zu trösten in Eurer Verlassenheit.»

«Trösten? Ha, ha – Weiden wollt Ihr Euch an meiner Qual Aber eben: Heute mir, morgen dir. Ich war zu gütig, als ich Euch in den Händen hatte. Damals hätte ich Euch erwürgen sollen.»

Bei diesen Worten macht der Junker eine Handbewegung, als wolle er dem Jüngling wirklich an den Hals springen. Die zuckende Kerzenflamme beleuchtet sein wutentstelltes Gesicht. Arnold aber verzieht keine Miene, sondern spricht hoheitsvoll:

«Das konntet Ihr damals nicht. Gott, der Beschützer der Unschuldigen, hat es nicht zugegeben.»

«Nicht zugegeben! Bei Euch, der Giftbrut einer verpesteten Sippschaft! Ihr seid dem Teufel zu schlecht gewesen.»

Dem Jungen schiesst jäh eine Blutwelle in das Gesicht, und er muss sich gewaltsam beherrschen, um ruhig zu bleiben:

«Hermann von Sternenberg, beruhigt Euch, diese Aufregung nützt Euch nichts. Gottes Gerechtigkeit hat

Euch erfasst, und wir Menschen sind nur die Werkzeuge, deren der Allgerechte sich bedient, um seine Pläne zur Ausführung zu bringen. Es kommt nun alles darauf an, dass Ihr dies einseht und Euch in Demut und Ergebenheit vor dieser höheren Macht beugt. Dann können die irdischen Richter vielleicht das Urteil mildern, das sonst in aller Strenge über Euch ergehen muss. Auf jeden Fall aber wird Frieden in Euer wildbewegtes Herz einziehen, und Ihr werdet so Eure unsterbliche Seele retten.»

Doch der andere wütet weiter:

«Nachdem ich alle Mönche und Pfaffen, die mir Euer Vater auf den Hals hetzte, fortgejagt habe, kommt Ihr auch noch mit einer Predigt! Fort! Fort! Ich will nichts mehr hören!»

Der Junker wirft sich auf seine strohbelegte Pritsche und hält beide Ohren zu. Doch Arnold geht nicht fort. Ein Zug der Wehmut und des tiefsten Mitleidens spiegelt sich auf seinem schönen Gesicht. Er wartet einige Augenblicke, dann nähert er sich dem Gefangenen und spricht ihm zu:

«Ihr wisst doch, dass die Gerichtsverhandlungen in den nächsten Tagen beginnen werden. Wenn Ihr so verstockt und ohne das geringste Zeichen von Reue vor Eure Richter tretet, werden sie nicht im Geringsten zu Mitleid und Erbarmen gestimmt werden. Und der Fürstbischof Johannes ist ein milder, gnädiger Herr. Wer weiss, ob er sich schliesslich noch herbeiliesse, Barmherzigkeit vor Gerechtigkeit walten zu lassen. Darum geht in Euch und bekundet den Richtern eine reumütige Gesinnung!»

«Fort! Fort!», schreit der Gefangene. «Wollt Ihr mich mit Eurem Gefasel jetzt schon töten?»

Wutschnaubend springt der Junker auf, ergreift den tönernen Wasserkrug, der neben dem Steinblocke steht und wirft ihn mit aller Gewalt gegen den Jungen. Dieser kann aber noch rechtzeitig ausweichen, sonst hätte ihm dieses harte Wurfgeschoss sicherlich den Kopf zerschmettert. Der Krug zerschellt an der Wand und eine Scherbe davon trifft den Kerzenständer, sodass er umfällt und das Licht auslöscht. Unheimlich dunkel wird es an diesem Ort des Grauens.

Der Gefängniswärter springt herein:

«Um Gotteswillen! Was gibt's?»

«Nichts, nichts!», spricht beinahe mit übermenschlicher Ruhe Arnold. «Zündet die Kerze dort wieder an und bringt dem armen Gefangenen einen neuen Wasserkrug.»

Nach diesem Wutausbruch setzt sich der Junker auf seinen Stein, zittert an allen Gliedern und scheint wie vernichtet zu sein. Der Wärter steckt die Kerze wieder auf, nimmt die grösseren Scherben des zerbrochenen Kruges rasch zusammen und geht dann mit misstrauischem Gesicht hinaus, um einen neuen zu holen. Arnold, der hochgesinnte Junge, versucht es noch einmal, zu Junker Hermann einen Zugang zu finden.

Doch alles vergeblich! Der arme Mann scheint kein Gewissen zu haben und ein Herz so hart wie die Kerkerwände, die ihn umschliessen. Wohl wütet der Junker nicht mehr, sondern bricht das eisige Schweigen. Aber was er sagt, lässt Arnold beinahe erstarren.

«Es ist gut Herr Graf, gebt Euch keine Mühe mehr! Meine Seele, wenn ich eine habe, gehört dem Teufel, wenn es einen gibt. Habe ich gemordet, gestohlen, geraubt und betrogen, wie wahrscheinlich meine Richter behaupten werden und Ihr es vorauszusetzen scheint, dann gehörte das eben zu meinem Handwerke. Andere tun's auch, man sperrt sie aber nicht ein wie mich. Durch das Rauben habe ich übrigens der Menschheit einen grossen Gefallen erwiesen, weil ich manchen Euresgleichen daran hinderte, in Saus und Braus zu leben. Wenn Ihr mir noch einen Gefallen tun wollt, so lasst mich noch einmal die Goldstücke und Edelsteine sehen, die in den Gewölben meines Schlosses aufgespeichert sind. Das wird mein letzter Wille sein. Geht und sagt das Eurem Vater, dem Herrn Bischof, meinen Richtern und Henkern und allen, die den Junker von Sternenberg kennen. Jetzt aber lasst mich in Ruhe!»

Arnold steht wie versteinert da. In einen solchen bodenlosen Abgrund der Verruchtheit und Verworfenheit hat er noch nie hinabgeschaut. Was soll er dem Junker noch antworten? Er fragt noch einmal:
«Ihr glaubt also nicht an einen Gott, Herr Junker?»
«Mein Gold war und ist mein Gott, Herr Graf! Von ihm will ich noch Abschied nehmen, wie sich's gebührt.»
Hermann zerrt und reisst wie wahnsinnig an seinen Ketten, sodass es dröhnt und klirrt. Der Wärter springt mit dem neuen Krug herein, denn weil er ein neues Unheil fürchtete, beschleunigte er seinen gewohnten trägen Gang. Nun nötigt er den Jungen mit sanfter Gewalt, den unheimlichen Kerker zu verlassen, stellt den neuen Wasserkrug auf den Stein und schliesst rasch und wortlos die Kerkertür.

Im Leimentale wurde es immer unheimlicher. Für einen Kenner der Verhältnisse konnte es nicht mehr zweifelhaft sein, dass die Junker der Sternengilde irgendeinen Überfall planten. Graf Heinrich, der ehemalige Flühschmied und jetzige Herr auf Sternenberg, setzte mit Hilfe der umwohnenden Landleute, die ihm gut gewogen waren, und einiger Knechte des Grafen von Rotberg seine Burg in Bereitschaft, um sich im Falle eines Überfalles mit Erfolg verteidigen zu können. Auch sorgte er insgeheim für genügend Waffen und Lebensmittel, damit er auch von einer zeitweiligen Belagerung nicht überrascht würde.

Dasselbe riet er auch dem Grafen von Rotberg, um auf jeden Fall gerüstet zu sein. Jakob befolgte gern den wohlgemeinten Rat, liess die Mauern ausbessern und die Schutzgräben erweitern und vertiefen. Seinen Vögten auf Fürstenstein und Blauenstein gab er ebenfalls Befehl, ihre Festungen in guten Stand zu setzen und überaus wachsam zu sein. Graf Burkhard auf Landskron fand in seiner mächtigen Burgfeste alles in tadelloser Ordnung, sodass er sich darauf beschränken konnte, nur die Verdoppelung der Wachen anzuordnen. Er selbst und auch Werner von Rotberg hielten sich meistens in Basel auf, wo sie in der Verwaltung alle Hände voll zu tun hatten und die Gerichtsverhandlungen gegen den Junker von Sternenberg vorbereiteten.

Aber auch die Gegner ruhten nicht. Freiherr von Ramstein, der nach der Gefangennahme des Junkers Hermann Führer der Sternengilde geworden war, sammelte im Geheimen seine Leute und rüstete sie für einen gemeinsamen Angriff auf Burg Rotberg, um den gefangenen Junker zu befreien. Die Wälder auf dem Kamme und den beiden Abhängen des Kleinen Blauen, vom sogenannten Hofstetter-Köpfli bis nach Ettingen, boten den Verschwörern genügend Unterschlupf und Deckung. Im Schutze der Waldbäume und der schweigenden Nacht kamen sie zu verabredeten Stunden an geheimen Orten zusammen, und zwar so unauffällig, dass selbst die geübtesten Wächter nichts Verdächtiges wahrnehmen konnten. In Schlupfwinkeln speicherten sie Angriffs- und Belagerungszeug auf: leichte

Wurf-maschinen mit steinernen Geschossen, tragbare hölzerne Stege, die zum Überbrücken der Burggräben dienen sollten, Strickleitern und eiserne Haken zum Ersteigen der Mauern, Pechfackeln und Reisigbündel, die mit brennbaren Stoffen getränkt waren. Kurz: Der verwegene Freiherr und seine Spiessgesellen dachten an alles, um ja ihre schwarzen Pläne durchführen zu können.

Mitte August war's, in einer schönen, mondklaren Sommernacht. Der Freiherr von Ramstein hatte seine Getreuen um sich geschart, nahe am Waldrand oberhalb Hofstetten, am Abhange des Kleinen Blauen. Da lagen sie zu ihren Füssen, die verhassten Burgen. Weiss und zitternd im Mondlichte ragten die Türme vom nahen Sternenberg und vom weiter entfernten, am Fusse des Grossen Blauen gelegenen Rotberg zum tiefklaren Firmament empor. Alles bot nach aussen ein Bild des Friedens und der Ruhe, wie man es schöner nicht hätte träumen können. Doch wenn der Hass das Männerauge verdunkelt, dann sieht es nicht mehr den stillen, süssen Zauber des Friedens. So war es auch hier.

«Seht ihr's, Männer, wie die Raubnester da drüben im falschen Mondscheine glänzen! Diese müssen wir jetzt einmal gründlich ausnehmen!», meinte der Ramsteiner. Seine Augen funkelten unheimlich. Ein halbes Dutzend geharnischter Ritter traten zu ihm, zerrten das Dickicht des Unterholzes auseinander und spähten in der Richtung, die ihnen ihr Führer angewiesen.

«Heute Nacht also soll es gelten?», frug ein wilder, struppiger Geselle.

«Ja, heute oder nie!», tönte es.

«Wir sind längst bereit», fuhr ein anderer in die Runde, «das Angriffszeug befindet sich zum grossen

Teil in der Nähe von Rotberg in Höhlen versteckt. In den letzten paar Nächten liess ich es hinüberschaffen, niemand hat es bemerkt. Jetzt nehmen wir den Rest noch mit, und dann kann es losgehen.»

«Gut, Ferdinand», lobt der Ramsteiner, «dein Plan ist ausgezeichnet.»

«Warum zögerst du aber immer noch, meine Vorschläge vollständig auszuführen? Du hältst uns schon mehrere Tage hin.»

«Ich wollte noch etwas abwarten, bis ich sicher war, dass Heinrich, der Flühschmied, aus dem der allmächtige Rotberger plötzlich einen Ritter gemacht, von unsern Plänen nichts erfahren hätte. Vor einigen Tagen nämlich machte einer der Unsrigen, wie ich hörte, drunten in der Schmiede beim Beschlagen seines Pferdes eine unvorsichtige Bemerkung, Hugo, der jüngste der Schmiedbuben, übrigens ein verrückter, überspannter Junge, sei etwas stutzig geworden und habe darauf eine naive Frage gestellt, aus der man hätte entnehmen können, man sei in unsere Pläne eingeweiht. Doch war das sicher nur Einbildung, sonst hätte der Schmied seither etwas unternommen und die ganze Giftbrut könnte jetzt da drüben nicht so friedlich schlummern, wie sie es wirklich tut.»

«Seien wir doch keine Hasen!», rief ein weiterer dunkler Geselle. «Es ist ja rein unmöglich, dass der Schmied etwas hätte erfahren können. Die Unsrigen sind ja alle sehr verschwiegen, und erspähen konnte er sicher nichts. Aber ich rate, die Schmiede und das Badhaus einmal tüchtig anzubrennen, damit dem Schmied und seinen Helfershelfern die Lust zum Spionieren gründlich vergeht. Überhaupt soll der Schmied mit seiner Sippschaft heim in's Pfefferland, von wo er gekommen ist! Heute Nacht noch zünden wir den ganzen Plunder an!»

Unterdessen waren immer mehr Männer herangetreten. Im weichen Moose unter den Waldbäumen hatten sie geschlafen. Nun rief ihnen der Ramsteiner zu:

«Auf, auf! Wir wollen's einmal wagen. Aber eines sag ich euch. Wenn der Flühschmied mit seinen beiden langen Söhnen hinter unsere Pläne kommt, dann kann sich jeder von uns in die nächste Fuchshöhle verkriechen.»

«Er weiss bestimmt nichts und wird nichts erfahren», beruhigte Ferdinand den Freiherrn von Ramstein.

Eine Schar von über hundert Mann schlich sich aus den Gebüschen hervor. In einzelnen kleineren Gruppen marschierten sie in gewissen Zeitabständen den Abhang hinunter und zerstreuten sich scheinbar in verschiedene Richtungen, um das Dorf und besonders Sternenberg unbemerkt zu umgehen, um sich dann an einer verabredeten Stelle in der Nähe Rotbergs wieder zu treffen. Von dort aus wollten sie gemeinsam vorrücken und die Burg von oben her überfallen. Der Handstreich war so gut und sorgfältig vorbereitet, dass das Gelingen sicher sein musste.

Aber dennoch hatten sich die verwegenen Abenteurer gründlich getäuscht! Graf Heinrich und seine beiden Söhne schliefen diese Nacht nicht. Die unvorsichtige Bemerkung jenes halb betrunkenen Reitknechtes hatte genügt, um sie auf die Spur des geplanten Überfalles zu führen. Jener hatte nämlich gesagt, es werde bald ein blutigroter Stern über Rotberg aufgehen. Hugo fragte, ob er einen wirklichen Stern meine oder das Banner der Sternenritter. Da wurde der Knecht verlegen, sagte kein Wort mehr und machte sich bald aus dem Staube. Heinrich zog die richtigen Schlüsse, liess sich aber nach aussen durchaus nichts anmerken. Doch im Geheimen schickte er vertraute Späher aus, die die nötigen

Erkundigungen einzogen und ihm alles hinterbrachten. Als er dann erfahren hatte, dass man nachts heimlich Kriegsgeräte nach Rotberg beförderte, konnte es natürlich nicht mehr zweifelhaft sein, wem der Überfall gelten sollte. In Heinrich erwachte zudem der alte Schalk wieder und jener Abenteuergeist, der ihn einst zum gefürchtetsten aller Ritter gemacht hatte.

Dido bangte für das Leben seiner Braut Kunigunde. Daher sprach er zu seinem Vater:

«Ich glaube, es wäre das Beste, wenn wir so rasch als immer möglich Burkhard von Landskron mit seinen Leuten und die gesamte Basler Ritterschaft der Papageiengilde aufrufen würden. Dann liesse sich der Angriff sehr leicht abwehren.»

«Nein, Dido, das tun wir nicht. Auch dem Grafen von Rotberg berichten wir nichts. Mit diesen Wegelagerern werden wir ganz allein fertig. Befolgt meine Befehle.»

Da Heinrich die richtige Stunde für gekommen erachtete, verliess er mit seinen Söhnen und Kriegern heimlich die Burg. Zunächst ritten sie sorgfältig talabwärts gen Flüh, dann bogen sie links in die Schlucht ein. Der Weg wurde vom Licht des Mondes und der Sterne genügend erhellt. Als die kriegerische Schar oben auf der Ebene angelangt war, gab Heinrich den Befehl zum scharfen Trab. In sausendem Galopp ging es nun vorwärts und aufwärts über Stock und Stein und Steg und Weg. Heinrich, inmitten seiner Söhne, an der Spitze der Reiterschar, war anzuschauen wie St. Georg.

Urplötzlich waren sie vor der Burg Rotberg und überraschten die heimtückischen Strauchritter, die gerade daran waren, einen hölzernen Steg über den Burggraben zu legen, was umso leichter war, weil das

Wasser vollständig fehlte. Auch eine Strickleiter war schon über die Mauer geworfen und einige Pechfackeln und Reisigbündel entzündet, um sie in die Burggebäude zu werfen.

Die Bewohner der Burg schienen bis anhin nicht das Geringste von der Gefahr geahnt zu haben, denn erst beim Herannahen Heinrichs und seiner Reiterschar gab der Turmwächter das Notsignal. Nun aber wird's drinnen lebendig. Die Besatzung der Burg sammelt sich, man hört laute Befehle, eilende Schritte, Waffengeklirr. Heinrich und seine Schar brechen draussen in den donnernden Kampfruf aus: «Hie, Heinrich und Rotberg!», und dringen mit gezückten Schwertern auf die Einbrecher ein, die in heillose Verwirrung geraten, grösstenteils alles liegen lassen und – sofern sie es noch vermögen – in wildem Schrecken das Weite suchen. Ihr Anführer aber, der Freiherr von Ramstein, setzt sich mit einigen Gesellen zur grimmigen, kühnen Gegenwehr, und sie dringen ungestüm auf Hugo ein. Doch unter den gewaltigen Streichen Heinrichs und Didos müssen sie bald von ihm ablassen und sinken links und rechts in den Sand.

Im selben Augenblick wird die Zugbrücke niedergelassen. Die Besatzung macht einen Ausfall. Allen voran stürmt Graf Arnold auf Heinrich und die seinen los.

«Freund oder Feind?», ruft er.

«Freund, Freund, Graf Arnold!»

Arnold reicht Heinrich die Hand.

«Jetzt ist alles gut! Vorläufig meinen Dank.»

Zur bessern Beleuchtung werden einige Pechfackeln gebracht, und der junge Graf erkennt sofort den toten Freiherrn von Ramstein und die Leichen einiger Spiessgesellen.

«Die andern haben leider das Weite gesucht. Diese Nacht wird man sie nicht mehr verfolgen können», sagte Dido.

Unterdessen naht Graf Jakob in voller Rüstung. Er überschaut sofort die ganze Lage und ruft Heinrich zu:

«Dank Euch, Ihr wackeren Helden! Ihr habt uns vor dem sichern Untergange bewahrt. Diese Strauchritter haben ihren Spiessgesellen da drinnen befreien und uns verderben wollen. Euch hat Gott zur rechten Zeit hierhergeschickt.»

«Herr Graf, ich musste meine Braut retten, sonst wäre auch sie verloren gewesen. In letzter Stunde haben wir vom Überfalle sichere Kunde erhalten, nachdem wir stets geglaubt, man habe es auf Sternenberg abgesehen.»

«Ihr habt eine kühne, überkühne Tat vollbracht», dankt der alte Graf. «Kommt mit in die Burg. Die Rettung muss gefeiert werden!»

Heinrich aber wehrt ab:

«Zur mitternächtlichen Geisterstunde feiert man keine Freudenfeste. Wir müssen sofort nach unserer eigenen Burg sehen. Wer weiss, was diese Schurken noch alles geplant haben.»

In diesem Augenblicke wird rechts neben der Burg Landskron ein unheimlich roter Feuerschein sichtbar.

«Das ist ein Brand, und zwar in Flüh drunten. Haben die Mordbuben vielleicht unsere Schmiede und das Badhaus in Brand gesteckt?», fragt Heinrich.

«Da gibt es noch einmal Arbeit diese Nacht, Heinrich», meint ernst Graf Jakob. «In welchen Zeiten leben wir doch! Nichts ist sicher, weder Leben noch Freiheit, weder Gut noch Blut! Eilt also nach Flüh mit Euren Reitern. Ich werde mit Arnold und einigen Knechten sofort nachkommen.»

«Gut, Graf Jakob. Aber lasst Eure Burg sorgfältig bewachen und vergesst nicht, nach Junker Hermann zu schauen. Wer weiss, ob er nicht irgendwie die Hand im Spiele hat.»

Heinrich sprach's, und schon sassen er, seine Söhne und die Reitknechte zu Pferde, und in rasendem Laufe ging es talabwärts, um über den Flührain nach der Brandstätte zu gelangen.

Sie hatten sich nicht getäuscht. Als sie jenseits des felsenumrahmten bewaldeten Bergrückens angekommen waren und den Abhang hinunterritten, schlug ihnen ein scharfer Brandgeruch entgegen, und als sie die Biegung des Weges genommen hatten, sahen sie die beiden brennenden Häuser, die einen schaurig schönen Anblick boten. Feuergarben zischten wie Riesenraketen zum Himmel empor, und zu allen Fenstern des ziemlich umfangreichen Badhauses und Wohngebäudes züngelten begierig Flammen heraus. Von der Burg Landskron her hasteten Hilfsmannschaften zu Tal, und in Hofstetten stürmten die Kirchenglocken. Wütend wieherten und stampften die Rosse unter ihren Reitern, als ginge es zur letzten, geheimnisvollen Völkerschlacht im Tale Josaphat.

«Diese Schurken!», schreit Hugo zornentbrannt.

«Schade, jammerschade um unsere schöne Schmiede», meint Dido und starrt schmerzlichen Blickes in die blendenden Flammen. Heinrich spricht anfangs kein Wort. Aus seinen Augen kann man aber ablesen, dass er Gott dankt für die Rettung seiner Lieben, die er noch rechtzeitig hatte in Sicherheit bringen können.

«Lassen wir's brennen», spricht er. «Über zwanzig Jahren lebten wir hier still, glücklich und zufrieden. Wenn die Flühschmiede verbrannt ist, gibt es auch keinen Flühschmied mehr. Von jetzt ab bin ich wieder gänzlich Graf Heinrich von Löwenstein. Über kurz oder lang muss ich auch die Burg drunten am Rheine wieder beziehen, denn hier ist mir der Boden zu heiss geworden. Lassen wir's brennen! Komm, Hugo, wir kehren nach Sternenberg zurück, dort sind wir vielleicht notwendiger als hier. Dido, übernimm du die Führung der Reiter, und wenn Graf Jakob kommt, füg dich seinen Befehlen. Vielleicht will er sofort die Verfolgung der Raubritter aufnehmen.»

Mit einem mächtigen Ruck wendet Heinrich sein Pferd und reitet stolz davon, ohne nur noch einmal umzublicken. Der Verlust der geliebten Schmiede scheint ihm tief zu Herzen zu gehen. In ihr hat er so manche glückliche Stunde verbracht, und am Amboss hat er auch so manchen stillen Schmerz zerschmettert. Doch nun will er nicht mehr daran denken.

Rings um die brennenden Häuser sammeln sich immer mehr Neugierige, fuchtelnde, schreiende Menschen, aber an das Löschen denkt eigentlich im Ernst niemand. Nur das Vieh hat man aus den Ställen ins Freie hinausgetrieben, und einige Dienstboten, die bis anhin im Badhause wohnten, suchen ihre Habseligkeiten zu retten.

11. Kapitel

Diese neuerliche Untat der Sternenritter rief, wie vorauszusehen war, unter der Basler Ritter- und Bürgerschaft wieder eine grosse Entrüstung hervor. Handelte es sich doch neuerdings um die Person und die Angehörigen des hochverehrten Baslerbürgers Graf Jakob von Rotberg, die nur durch die Geistesgegenwart Heinrichs und seiner Söhne vor dem sichern Untergange bewahrt blieben.

Der Rat der Stadt Basel beschloss alsbald, dem ganzen Treiben durch die Verurteilung Hermanns von Sternenberg und einiger seiner Helfershelfer, die man in der Schreckensnacht vom 15. August noch eingefangen hatte, ein gewaltsames Ende zu machen. Aber trotzdem Werner und Burkhard stets zur Eile antrieben, ging die ganze Angelegenheit nur langsam voran, weil so viele Ankläger auftraten, dass das jahrelange Treiben des Raubritters von Sternenberg und seiner Genossen immer wieder von neuen Seiten beleuchtet wurde.

Auch war es nicht so klar, welcher Gerichtshof eigentlich in erster Linie zuständig war, der Rat der Stadt oder der Gerichtshof «der Zehn» mit dem Schultheissen an der Spitze. Denn Körperverletzungen, Mord und Totschlag gehörten vor den Rat und Bürgermeister, Erpressung und Überfall aber mussten vom Schultheissen und seinen Richtern beurteilt werden. Doch war es unzweifelhaft, dass der Fürstbischof von Basel allein durch seine Bestätigung einem erfolgten Todesurteil Rechtsgültigkeit verleihen konnte, weil das Leimental mit seinen Lehensherren ihm, dem Oberlehensherrn, untertänig war.

An einem trüben Septembermorgen bewegte sich ein trauriger Zug durch das Birsigtal nach Basel. Reitknechte, an deren Spitze Werner von Rotberg ritt, brachten den gefangenen Junker von Sternenberg nach der Stadt, um ihn vor Gericht zu stellen. Hermann war mit den Händen am Sattel seines Pferdes, das von einem Knappen geführt wurde, festgebunden. Links und rechts von ihm ritten bis an die Zähne bewaffnete Kriegsknechte, um einen Befreiungsversuche vonseiten der Sternenritter sofort begegnen zu können.

Hermanns Gesicht war blass und eingefallen, hatte aber einen trotzigen, beinahe herausfordernden Ausdruck, sein Bart war zerzaust, das Haupt unbedeckt und sein langes Haar in struppiger Unordnung. Langsam und schweigend ging es vorwärts. Graf Werner machte ein verdrossenes Gesicht. Seine heutige Rolle behagte dem stolzen Ritter nicht recht. Aber er hatte vom Stadtrate diesen Auftrag erhalten und konnte sich dessen nicht entschlagen. Lieber sässe er an der Spitze einer kühnen Reiterschar und ritte zu heissem Kampfe und glorreichem Siege. Nun aber musste er einen wehrlosen Gefangenen vor Gericht schleppen. Doch solche Zustände konnte man nicht mehr andauern lassen. Es musste endlich ein warnendes Beispiel aufgestellt werden, um diesem Räuberunwesen ein für allemal ein Ende zu bereiten. Längst schon hätte es geschehen sollen!

In Basel hatte man versucht, Tag und Stunde der längst mit grosser Spannung erwarteten Gerichtssitzung möglichst geheim zu halten. Kaum aber war der Zug mit dem Gefangenen zum Eselstürli neben dem grossen Wassertor eingeritten, ging es wie ein Lauffeuer durch die Stadt, der gefürchtete Raubritter Hermann von Sternenberg sei angekommen. Im Augenblick waren alle Strassen und Gassen voller neugieriger und gaffender Menschen.

Im Hofe des Richthauses wird Halt gemacht. Dem Gefangenen werden die Fesseln gelöst. Er muss absteigen, und von den Kriegern geführt, betritt er den mächtigen Saal des Richthauses. Dort erwarten ihn seine Ankläger und Richter.

Schweigend und steif, in ihren weiten, schwarzen Mänteln und weissen Halskrausen und hohen Biretten wie alttestamentliche Propheten anzuschauen, sassen die «Zehn Urteilssprecher» vorne im Saal, je fünf auf einer Seite, in hohen, bequemen Lehnsesseln. In der Mitte, vor einem mächtigen Kruzifixe, das an der Wand am Ehrenplatze hing und von der Decke bis zum Fussboden reichte, hatte hinter einem schweren Eichentische der Schultheiss Platz genommen. Zum Zeichen seiner Würde trug er um den Hals eine goldene Kette und in der Hand einen kostbaren Elfenbeinstab. Im Hintergrund des Raumes hatten auf niedrigen, lehnenlosen Sitzbänken die Ankläger und Zeugen ihre Plätze nebst einigen Fürsprechern und Rechtsgelehrten. Dahin verfügte sich Graf Werner als Vertreter des Hauses Rotberg. In die Mitte vor den Tisch des Schultheissen wurde Junker Hermann geführt. Hernach stellten sich die Wachen links und rechts neben ihm auf mit den entblössten Schwertern in den Händen. Das Ganze bot ein Bild des tiefsten und würdevollsten Ernstes.

Im Hofe draussen sammelte sich eine grosse Menge Neugieriger an, um den Ausgang der Gerichtsverhandlungen abzuwarten. In atemloser Spannung harrten sie, ob sie ein Wort durch die Tür oder die halb offenen Fenster erhaschen könnten. Die Stadtwache sorgte für die nötige Ruhe und Sicherheit. Im Saale beginnen alsbald die Verhandlungen. Der Schultheiss klopft mit dem Ende seines weissen Stabes feierlich auf den Tisch. Dann beginnt er mit ernster Stimme:

«Ihr lobwerten und ehrenfesten Richter! Es obliegt uns heute die schwere, heilige Pflicht, über gegenwärtigen Ritter Hermann von Sternenberg das Endurteil zu fällen. Er ist vieler und schwerer Verbrechen angeklagt, von denen wir nach langwierigen Untersuchungen folgende als zu Recht bestehend erkannt haben.»

Nun wendet er sich direkt an den Angeklagten, der trotzig, mit verbissenen Lippen, gekreuzten Armen und vorgesetztem Fusse vor dem Tische steht.

«Ihr, Ritter Hermann von Sternenberg, seid angeklagt:

Primo – Kaufmann Jakob Kiebitz von Basel im Walde zwischen Ettingen und Pfeffingen grausamerweise gemordet und ausgeraubt zu haben.

Secundo – Metzgermeister Abraham Guldenstein von Ettingen erschlagen und ihm eine Kuh abgenommen zu haben. Zum Zeugnis gegen euch wurden seine Fussspuren in den Stein gedrückt, wie wir selbst in Augenschein genommen.

Tertio – Kaufmann Isaak Pfefferbrot aus Basel ausgeraubt und zwei Jahre in den Turm von Sternenberg geworfen zu haben. Glücklicherweise wurde er vom Grafen Heinrich von Löwenstein gefunden und befreit. Genannter Kaufmann befindet sich hier und hat die Klage selbst eingereicht und begründet.

Quarto – Item, an Kaufmann Benjamin Rosenstock das Gleiche getan, von den Angehörigen sein ganzes Vermögen erpresst und ihn dennoch nicht freigelassen zu haben. Derselbe ist gleicherweise befreit worden und befindet sich auch hier.

Quinto – Item, den Grafen Arnold von Rotberg listigerweise bei Anlass einer Jagd in einen Hinterhalt gelockt, gefangen genommen und in den Turm gesperrt zu haben. Die nachfolgenden Erpressungsversuche schlugen glücklicherweise fehl. Die Tat wurde von dem obgenannten Grafen Heinrich entdeckt und der Gefangene befreit. Die Klage wurde von dessen Bruder, dem Grafen Werner von Rotberg, eingereicht und ist allseitig bezeugt.

Das sind die Verbrechen, deren Ihr, Ritter Hermann, angeklagt seid. Bekennt Ihr sie jetzt freiwillig, oder sollen wir Euer Geständnis auf der Folter erpressen? Die Wahl steht Euch frei.»

Der Schultheiss hält inne. Tiefe Stille herrscht im Saale. Der Junker ist unter der Wucht dieser Anklagen nicht zusammengebrochen. Im Gegenteil, jetzt steht er trotziger und selbstherrlicher da als vorher. Einige Augenblicke noch schweigt er, wie um seine Richter hinzuhalten. Dann bricht er plötzlich in ein höhnisches Lachen aus:

«Herr Schultheiss und Ihr Herren Richter! Spart Eure Daumenschrauben und Gliedverdreher für Euch und Eure Nachfolger. Ich habe keinen Grund, zu leugnen, was man mir vorhält. Ja, ich hab's getan und noch viel mehr. Was liegt daran? Das war mein Handwerk – wie mich zu verdammen das Eure ist!»

«Haltet ein, Herr Junker!», ruft der Stadtrichter und springt urplötzlich von seinem Sessel auf. «Das Raubrittertum ist kein Handwerk, sondern eine erbärmliche Schandtat. Gnad' Gott uns, unserer Stadt und unserem Lande, wenn wir so etwas fortbestehen lassen! Doch ich weiss, dass nicht nur Ihr, sondern leider noch viele Eures Standes so denken, reden und handeln. Eben deswegen sind wir gezwungen, das Unkraut mit der Wurzel auszurotten, damit es nicht das ganze Land überwuchere!»

«Gut gesagt, Herr Richter. Es kommt nur darauf an, was Ihr unter Unkraut versteht. Schon mancher ungeschickte Gärtner hat eine edle Fruchtpflanze ausgerissen und verbrannt, dadurch wurde sie aber keineswegs zum Unkraut.»

«Immer besser, fürwahr, immer besser!», ruft entrüstet der Schultheiss. «Wenn sich Diebe, Räuber und Mörder als Edelpflanzen bezeichnen, wie muss man dann die ehrenwerten Ritter und Bürger nennen?»

«Schmarotzer und Blutsauger am Leibe der menschlichen Gesellschaft, Herr Richter!»

Der Junker sprach's mit solch bodenloser Verachtung, dass der Richter einige Augenblicke sprachlos dastand. Da kam ihm aber Graf Werner zu Hilfe, der schon längst ungeduldig zugehört hatte. Er trat herzu, verlangte, dass er reden dürfe und sprach:

«Herr Schultheiss, vergeudet kein einziges Wort mehr an einem Menschen, der keine Ehre im Leibe hat. Lassen wir solche Bösewichte länger leben, so tun wir der menschlichen Gesellschaft einen schlechten Dienst. Abgestorbene und faule Glieder müssen abgeschnitten und so vom Körper der Menschheit abgetrennt werden, sonst ist sie unrettbar verloren. Daher, Ihr Herren Richter, zögert nicht länger, das verdiente Urteil zu sprechen. Jedes weitere Wort ist unnütz und überflüssig.»

Da richtet sich der Junker in seiner ganzen Grösse auf und schreit wütend:

«Herr, Graf, was unterscheidet Euch dann von mir, den sie einen Mörder schelten, wenn Ihr die Richter auf mich hetzt, um mich zu morden!»

«Die Ehre und die Gerechtigkeit, Junker Hermann!», spricht ruhig und würdevoll Graf Werner.

«Ehre und Gerechtigkeit! Einstmals dachte ich auch so, weil man mir es eingedrillt hatte. Aber einem gereiften Manne müsst Ihr mit diesen Kindermärchen nicht mehr kommen!»

«Das ist's eben, was Euch von allen rechtschaffenen Menschen trennt, dass Ihr die gottgewollten Schranken des Rechts, der Ehre und der Sittlichkeit nicht mehr anerkennt. Herr Junker, Ihr steht ja schon ausserhalb der menschlichen Gesellschaft. Ihr habt Euch schon von ihr getrennt, Ihr habt Euer Urteil schon selbst gesprochen, was braucht's noch mehr!»

«Was es noch braucht? Keine Pfaffen und Predigermönche, wie die Rotberger alle zu sein scheinen! Ich brauche einen Menschen, der mich versteht, einen Mann, der mit mir geht, dass wir selbander die geknechtete Menschheit erlösen von dem Gesindel der Pfaffen und Richter und dem ungeheuren Wahne, als ob es einen Gott gebe, der ...»

Ein Schrei der Entrüstung durchzittert den Saal. Sämtliche Richter sind aufgesprungen.

«Genug, genug, Junker! Solche gotteslästerliche Worte sind hier noch nie gesprochen worden und werden in meiner Gegenwart nie mehr gesprochen werden, ich schwöre es beim lebendigen und gerechten Gott!»

Schäumend vor Wut steht der Gefangene da, ballt beide Fäuste, als wolle er sich im nächsten Augenblick auf seine Richter stürzen. Der Junker lässt sich aber widerstandslos fesseln.

«Aus unseren Augen mit ihm! Bringt ihn in Gewahrsam und bewacht ihn gut. Dieser Mensch ist ein Häretiker und Ketzer und gehört daher vor das geistliche Gericht des Bischofs. Fort, fort mit ihm!»

Mit Abscheu und der grössten inneren Entrüstung stösst der Schultheiss dieses Wort hervor. Während der Junker abgeführt wird, wendet er sich nochmals um und grinst seine Richter höhnisch an, als wolle er sagen:

«Da habt Ihr's! Den Junker von Sternenberg kennt Ihr noch nicht ganz, der wird Euch noch manche Nuss zum Knacken vorwerfen!»

Die Richter halten noch eine kurze Sitzung ab und erklären sich einstimmig als «inkompetent», über den Junker zu urteilen, bevor die kirchliche Behörde den Fall untersucht und den Unglücklichen zur Aburteilung und Bestrafung dem weltlichen Arm neuerdings zurückgegeben habe.

Unter dem harrenden Volke bricht eine grosse Bestürzung aus. Viele bekreuzigen sich und laufen davon, andere lästern über den gottlosen Junker, der sicher mit dem Teufel im Bunde stehe. Schliesslich erhält Graf Werner vom Stadtvogt die Weisung, den Gefangenen wieder nach Rotberg zu bringen, wo er am sichersten aufgehoben sei. Die Angelegenheit müsse zuerst vor den Fürstbischof gebracht und erst dann könnten weitere Schritte betreffend der Haft und Aburteilung des Junkers unternommen werden.

So verlief die Gerichtssitzung ergebnislos, was ja der Junker beabsichtigt hatte. Graf Werner war empört über ihn, dachte aber viel zu edel, als dass er seinen Ärger an dem wehrlosen Gefangenen ausgelassen hätte. Vielmehr musste er ihn vor der Wut des Pöbels in Schutz nehmen, der mehr als einmal Miene machte, sich auf den Verhafteten zu stürzen und ihn vom Pferde zu reissen. Die Bewachungsmannschaft musste Werner verdoppeln und möglichst rasch ausser die Stadtmauern zu kommen suchen. Doch auf dem offenen Feldwege brauchte es nicht weniger Sorgfalt, um nicht von einer Abteilung der Sternenritter überrascht zu werden. Freilich seit dem Tode des Freiherrn von Ramstein waren sie ohne Führer und gemeinsames Oberhaupt. Aber zu trauen war ihnen dennoch nicht, und Vorsicht ist besser als Nachsicht.

12. Kapitel

Vom Blauenberg her wehte hin und wieder schon ein rauer Wind und kündigte an, dass des Sommers Herrschaft zur Neige gehe. Der Herbst zog ins Land. Früh im Oktober schon fielen die ersten Reife, die den Blumen in Feld, Wiese und Garten den Tod brachten. Der Buchenwald ringsum leuchtete in der buntesten Farbenpracht, gerade als wollte er den Menschen einen neuen Frühling vortäuschen.

Die Vorbereitungen auf das längst geplante Turnier gingen zu Ende. Graf Werner von Rotberg bestand hartnäckig auf seinem Standpunkt, und schliesslich hätte auch Dido nicht mehr nachgegeben, der sich die Gelegenheit nicht entgehen lassen wollte, durch dieses Waffenspiel sich vor aller Öffentlichkeit als kühner, sattelfester Ritter zu bewähren. Da man nicht mehr auf schnelle Erledigung der Gerichtsverhandlungen gegen den Junker von Sternenberg und die Sternengilde rechnen konnte und das Turnier diesen Herbst noch stattfinden musste, so wurde es endgültig festgesetzt auf den St. Lukastag, den 18. Oktober. Der freie Platz vor dem Münster in Basel sollte der Schauplatz dieses ernstfröhlichen Ritterspieles sein. Für die ganze Stadt war dies ein Ereignis, das man nicht jeden Tag erlebte.

Der Münsterplatz wurde in eine Art Arena verwandelt. Ringsum wurden Schaubühnen und Gerüste aufgeschlagen. Der Bischof selbst wollte dem Turniere beiwohnen, umgeben von der hohen Geistlichkeit und der Blüte des Basler Adels. Was der Herbstreif noch nicht geknickt hatte, wurde von Feld, Wald und Wiese herbeigebracht, um den Festplatz zu schmücken. Es war ein geschäftiges Treiben, das dem St. Lukastage voranging; denn jedermann wusste, um was es sich handelte und erwartete nach glücklichem Ausgange des Wettspieles eine Hochzeitsschmauserei grossen Ausmasses. An solchen Festlichkeiten nämlich beteiligte sich stets die ganze Stadt, das war so Sitte und Herkommen. In einer Trinkstube an der Gerbergasse ging es besonders lebhaft zu.

«Ich wette meinen Kopf, dass der Werner von Rotberg gewinnt. Der lässt sich nicht so leicht aus dem Sattel heben. Dann kann Dido, der übrigens bis jetzt der Schmiedenzunft angehörte, ohne Frau wieder heimwärtsziehen. Geschieht ihm ganz recht, warum hat er den Grössenwahn!»

«Was, Grössenwahn!», hält ein Schmiedegeselle entgegen, «ein ehrbarer Ritter ist der junge Dido, und einer der Besten aus unserer Zunft war er immer! Die Rüstung, die er sich selbst geschmiedet, die schlägt kein Schwert und keine Streitaxt durch, sie müssten denn von Diamant sein. Du, Kuno, nimm dein Maul nur nicht so voll, sonst könnte es samt dem Kopfe in den Sand kugeln.»

Wie hier in der Gerbergasse, so trieb man es durch die ganze Stadt: in der Sutergasse am Heuberge, in der Schmiedgasse, am Fischmarkt und Rindermarkt und beim Spalentor. Da aber keine Freinacht war, wurde dem Treiben durch die Stadtwache frühzeitig Einhalt getan. Man liess es sich heute gern gefallen, galt es doch, sich Kräfte zu sammeln für den kommenden Tag und die darauffolgende Freinacht und vielleicht noch für neue und längere Festlichkeiten.

Sankt Lukas beschenkte Baselstadt mit einem strahlenden Herbsttage, wie man sie selten schöner erlebte.

Wie ein geschlagenes Heer flohen die grauen Morgenwolken rheinabwärts davon. Und die Sonne, als wollte sie einen Hochsommertag vortäuschen, spendete ihre wärmsten und reinsten Strahlen.

Die hohen Herrschaften aus dem Leimental wurden von den Baslern ungeduldig erwartet. Die Sand- und Sonnenuhren meldeten schon zehn Uhr. Jeden Augenblick mussten die Grafen mit ihrer Begleitung am Eselstürli erscheinen. Dort war auch die halbe Stadt versammelt. Türen und Fenster waren weit geöffnet und überall schauten neugierige Gesichter heraus. Die Buben hatten sogar das Wassertor bestiegen, ohne dass der Turmwart es hätte hindern können. Das Wasser der Birsig war nicht hoch, floss so langsam und träge in die Stadt hinein, dass man meinte, es könne nie anders sein. Doch so friedlich ist die Birsig nicht immer. Wenn in der Landschaft und im Jura Gewitter toben, dann kann das kleine Wässerlein gewaltig anwachsen und den Anwohnern bedenkliches Herzklopfen verursachen.

Der Wächter gibt das Hornzeichen. Allen voran reitet Dido, hinter ihm Hugo. Dann folgen die Grafen Arnold, Jakob und Heinrich. Die beiden Bräute, Kunigunde und Marie, tragen kostbare, weissseidene Gewänder. Mit goldverzierten Zügeln reiten sie die zahmen, klugen Tiere. Als Kopfschmuck tragen die Gräfinnen hohe, seidene, silberdurchwirkte Kugelhüte, von denen lange Schleier herunterhängen, die das Gesicht bedecken. Das Geleite bilden ein Dutzend Ritter und Edelknaben nebst einer Abteilung bewaffneter Kriegsknechte zum persönlichen Schutze.

Wo aber ist Helena? Nirgends erblickt man sie! In der Tat, die gute Mutter konnte es nicht übers Herz bringen, mitzugehen, trotzdem auch für sie Zelter und alles Übrige bereitstanden. Heinrich drang schliesslich nicht mehr in sie und liess ihr den freien Willen, denn er wusste, wie sehr Helena unter dem Gedanken litt, das Turnier könnte einen schlimmen Ausgang nehmen. Mit Tränen in den Augen bat sie beim Abschiede:

«Bringt mir Dido wieder lebend und gesund zurück, sonst könnt ihr mich auch bald neben ihm begraben.»

War es da verwunderlich wenn die ganze Turnier- und Arbeitsgesellschaft in einer ernsten, gedrückten Stimmung war, ganz im Gegensatz zur fröhlichen, leichtlebigen Stadtbevölkerung?

Am Tore machte man keinen Halt, sondern ritt sogleich auf den Münsterplatz, wo die erlauchte Gesellschaft Basels die vornehmen Gäste erwartete und begrüsste. Da sass der Hohe Rat in voller Rüstung. Den Ehrenplatz nahm der Fürstbischof Johannes ein. Auch er war in Rüstung, aber geschmückt mit Kreuz, Ring und violettem Mantel, dem Abzeichen seines hohen Amtes. Da waren auch alle adeligen Frauen und Ritter der Sittichgilde mit ihrem Gefolge.

Graf Werner von Rotberg erwartete seinen Partner auf dem Kampfplatze, ritt Dido entgegen und drückte ihm die Hand. Die Übrigen stiegen von ihren Pferden und nahmen ihre Plätze auf den Schaubühnen ein. Bei diesem ungewohnten Schauspiele bebte den beiden Jungfrauen das Herz. Einmal waren sie den Blicken der ganzen schaulustigen Menge ausgesetzt, und dann musste die schüchterne, bescheidene Kunigunde es erleben, dass um den Besitz ihrer Person zwischen Bruder und Bräutigam ein Kampfspiel auf Leben und Tod geführt wurde, ohne dass sie es hindern konnte. Jetzt erst kam ihr die ganze Schwere ihrer Lage zum Bewusstsein. Totenbleich und zitternd ergriff sie die

Hand Maries und schaute ihr stumm hilfesuchend in die Augen. Aber auch diese bebte und sprach halblaut:

«Die Männer sind grausam, grausam!»

Arnold, der ihr zur Linken sass, neigte sich zu seiner Braut und sprach zärtlich: «Sei nur guten Mutes, Marie, beide werden sich tapfer wehren, ich bin sicher, es wird keinem ein Leid geschehen. Aber dir verspreche ich heute, dass ich nie ein Turnier mitmachen werde, dir zu Gefallen.»

«Gibst du mir die Hand darauf?»

«Ja, hier ist sie!»

Es war Zeit, der Kampf sollte beginnen. Man war überein gekommen, dass jeder einen Lanzenstich, zwei Streitaxtschläge und dreissig Schwerthiebe tun sollte. Die Kampfrichter nahmen ihre Plätze ein. Die beiden Gegner zogen sich an die Enden der Reitbahn zurück. Sie boten einen glänzenden und zugleich schauerlichen Anblick dar. Die Waffen und Rüstungen erstrahlten im Scheine der Herbstsonne. Dido, der junge Hüne, schien mit seinem Hengste verwachsen wie ein Berggipfel mit seinem Steinrücken. Werners Erscheinen war nicht minder kriegerisch, eine gedrungene Gestalt mit kühnen, blitzenden Augen, stramm und unerbittlich.

Die Trompete ruft, das Wettspiel beginnt. Die Reiter senken ihre Lanzen. Der Boden dröhnt unter den Hufen der gepanzerten Streitrosse. Werner hat seinen Speer direkt auf die Brust seines Partners gerichtet, als wolle er ihn mit aller Wucht vom Pferde zu Boden schleudern. Dem Munde Maries entfährt ein unterdrückter Schreckensruf. Dido macht aber plötzlich eine so geschickte Wendung, dass die Lanze seinen Harnisch kaum streift und ins Blaue hinausfährt. Zugleich geht er aber mit der Lanze so anstellig auf den Helm Werners los, dass dieser sich ducken muss, beim Anprall aber doch das Visier gelüftet wird. Also gleich bläst die Trompete. Beim ersten Gang ist Dido Sieger.

Die Gegner trennen sich und reiten an ihren Platz zurück. Nun werden sie ihr Glück mit der Streitaxt versuchen. Kaum ist das Zeichen gegeben, da galoppieren die Kämpfer wieder gegeneinander, die Pferde wiehern vor Kampfeslust und bäumen sich hoch auf. Die Erde dröhnt und bebt. Bebt? Ja, wirklich, man glaubt ringsum einen Stoss wahrgenommen zu haben.

Da saust aber schon die Streitaxt Werners auf den Helm Didos nieder. Trifft er? Nein! Schnell wie ein Blitz springt Didos Ross zur Seite, es gehorcht willig den Sporen seines Herrn, die Axt jedoch fährt in die Luft, wie vorhin die Lanze. Flugs aber sitzt Didos Axt dem Gegner in der Armschiene und hätte sich beinahe zu seinem Blute einen Weg gebahnt. Werner hingegen hebt noch einmal seine Schlagwaffe empor und schwingt sie gegen des jungen Recken Haupt. Aber vom ersten Schlag und Gegenschlag müde, prallt der zweite Schlag am guten Stahlhelm Didos ab. Dem wuchtigen Gegenhiebe entgeht Werner durch einen Seitensprung.

Wiederum schmettert die Trompete. Die Kämpfer ziehen sich ein zweites Mal zurück. Für einen Augenblick lüftet Dido sein Visier und triumphierend fliegt sein Blick zu Braut, Vater, Bruder und Schwester hinüber. Noch gilt es den längsten und gefährlichsten Strauss. Dreissig Hiebe mit dem stählernen Ritterschwerte geben, empfangen oder kunstgerecht abwehren ist wahrlich kein Spass. Aber Didos Augen leuchten, dem jungen Helden schwillt der Mut. Ja, er zwingt sein Glück, wie ihm Hugo schon so oft vorgesungen hat und gerade jetzt da drüben auf seinem Sitze zu rufen scheint. Mit eiserner Faust zwingt er's.

Werner will keine Rast geben und wartet mit sichtlicher Ungeduld auf das letzte Zeichen der Trompete. Feierlich und ernst erschallt sie jetzt in den höchsten Tönen. Die Rosse wiehern und scharren den Boden. Blitzschnell bringen sie die Gegner einander nahe und näher. Schlag auf Schlag wird gezielt auf des Gegners Helm, Brust und Schultern. Die wenigsten aber erreichen ihr Ziel, denn so überaus kunstvoll weiss jeder der Gegner die Hiebe des andern zu decken, dass die Ritter ringsum über diese hervorragende Geschicklichkeit in Rufe der Bewunderung ausbrechen und sich nicht sattsehen können. Da, mit einem Male gelingt es Werner, seinen Partner mit einem Scheinschlage zu täuschen. Dieser deckt in der falschen Richtung und im nämlichen Augenblick fährt sein Schwert mit aller Wucht auf Didos Helm. Ein Schrei geht durch die Reihen. Doch wahrlich, der Helm ist aus gutem Stahl! Werners Schwert zerbricht in Stücke, und seine Hand hält nur noch den leeren Griff.

Trompetenstoss – Halt! Dido senkt sein Schwert. Der Kampf ist aus. Der junge Ritter hat im ersten Turniere seines Lebens gesiegt. Die beiden Gegner steigen vom Pferde, lüften das Visier und reichen einander die Hand. Da durchrast ein Beifallssturm die ganze Runde. Der Herold steigt auf einen bereitstehenden Sockel und verkündet laut den Sieg Didos von Löwenstein und nennt ihn einen tapferen, hochgemuten Helden.

Jetzt endlich legt Graf Werner von Rotberg seine Zurückhaltung ab. Gerührt und sichtlich neidlos nimmt er den jungen Helden an der Hand und führt ihn vor die Schaubühne seiner Schwester. Diese steigt herab, begleitet von Marie, löst ihrem Bräutigam den Riemen des eisernen Helmes und setzt ihm dann den Siegeskranz auf das wallende Lockenhaar. Da kann sich Graf Heinrich nicht mehr halten. Er tritt herzu und umarmt seinen Erstgeborenen, der ihm heute solchen Ruhm eingebracht.

Graf Jakob, der sich in Begleitung Burkhards von Landskron genaht hatte, stört die Glücklichen, um sie noch glücklicher zu machen.

«Was zögern wir noch! Lasst uns ins Münster gehen, dort wird der hochverehrte Herr Bischof die Ehen sofort einsegnen.»

Tatsächlich hatte der Kirchenfürst seinen Platz längst geräuschlos verlassen und den Brautpaaren sagen lassen, er erwarte sie im Münster vor dem Altare. So zog man feierlich, unter dem Singen und Schallen aller Glocken, zum Münsterportale. Die Orgel begann ihr brausendes Spiel. Die glücklichen Menschenkinder gingen feierlich und langsam dem Bischof entgegen, der sich in vollem Ornat unter der hohen Wölbung des Chores aufgestellt hatte, umgeben von seiner Geistlichkeit. In bereitgestellten, mit kostbaren Teppichen bedeckten Stühlen nahmen die Brautpaare mit ihrem Gefolge Platz. Nachdem die letzten Töne der Orgel in den gotischen Bogen des Münsters verrauscht waren, begann Bischof Johannes seine Begrüssungsrede. Er erinnerte die edlen Brautpaare an ihre heiligen Pflichten, die sie im Angesichte der Engel und Menschen auf sich zu nehmen im Begriffe ständen. Er beschwor sie beim lebendigen Gott, den heiligen Ehestand stets heilig zu halten und sich gegenseitig Führer zu sein zum ewig schönen Himmel, wo sie dereinst Vermählung feiern würden. Hier stockte der Bischof einen Augenblick, wie um sich zu besinnen. Dann fuhr er unvermittelt weiter:

«Ja, edler Graf Arnold, wisst, dass wir von mannigfachen Gefahren umgeben sind. Erst vor kurzer Zeit seid Ihr ja den schwarzen Plänen des gewissenlosen Ritters von Sternenberg mit knapper Not entronnen. Wir danken Gott von ganzem Herzen, dass er Euch mit starker Hand beschützt und Euch den Händen der Bösewichter entrissen hat. Wir beten auch demütig die Vorsehung Gottes an, die auch das Böse zum Guten zu lenken weiss, wie wir ja offensichtlich sehen.»

Nun schritt Bischof Johannes zum Altare, wohin ihm das Brautpaar folgte, um das Jawort in seine Hände zu legen. Dann empfingen sie den priesterlichen Segen zu ihrem ewigen Bunde.
Da horch, was war das? Ein dumpfes Rollen und Grollen wie von einem Gewitter durchzog das mächtige Gotteshaus und liess es in seinen Grundfesten erzittern. In wildem Schrecken stürzte die Menschenmenge den Ausgängen zu.
«Erdbeben, Erdbeben!», riefen die Stimmen durcheinander. Tatsächlich, es musste ein Erdstoss gewesen sein. Totenbleich hingen sich Kunigunde und Marie an die Arme ihrer jungen Männer, um dort Schutz zu suchen. Bischof und Geistlichkeit waren bereits in der Sakristei verschwunden. Die Brautpaare und die ganze Festgemeinde eilten jenen nach ins Freie. Marie sagte zu Arnold:
«Das sind böse Zeichen, wenn dies nur nicht Unglück bedeutet.»
«Sei nicht so ängstlich, mein junges Gemahl, ich bin nun immer bei dir, da kann dir kein Leid mehr widerfahren.»

Beim fröhlichen Hochzeitsmahle vergass man bald den störenden Zwischenfall. In der Stadt aber hatten die wenigsten Leute etwas von dem Erdstoss bemerkt, alles wurde nach und nach so von einem hinreissenden Festtaumel ergriffen, dass man so etwas gar nicht für möglich hielt. Heute war ja «offene Schenke» auf Kosten der Brautpaare. Pfeifer und Geiger spielten überall zum Tanze auf, und selbst vornehme Bürgerstöchter scheuten sich nicht, an diesen öffentlichen Tänzen und Hochzeitsreigen teilzunehmen. Der Wein floss, Gebratenes, Gesottenes und Geräuchertes gab es in Hülle und Fülle. Selbst der ärmste Gassenbube konnte heute leben wie der Kaiser in seinem Palaste. Was wunders, wenn es immer toller und toller hin- und herging und es den Anschein hatte, als sei die ganze Stadt Basel von einem wilden Faschingstaumel ergriffen worden.

13. Kapitel

So schön der St. Lukastag des Jahres 1356 über Basel aufgegangen war, so schrecklich sollte er enden. Während des Vormittags und im Laufe des Nachmittages waren mehrere leichte Erdstösse verspürt worden, da sie jedoch nicht den geringsten Schaden anrichteten, achtete niemand darauf.

Marie und Kunigunde aber, denen das wilde Treiben der Stadt, deren Lärm immer wüster zum Festsaale in der bischöflichen Pfalz empordrang, rieten zum Aufbruch. Es zog sie zu Mutter Helena, um die Freude ihres Herzens mit ihr zu teilen. Sie würde ja gewiss mit Schmerzen auf ihre Lieben warten, aber obwohl nach dem glücklichen Ausgang des Turniers sofort ein Eilbote mit der guten Botschaft und der Einladung zum Feste zu erscheinen, an sie abgegangen war, erschien sie nicht. Was mag wohl der Grund ihres Ausbleibens sein?

So sann und sann Marie und wurde immer unruhiger. Den Schrecken von heute Morgen hatte sie auch noch nicht ganz überwunden, und es war ihr oft, als zittere der Boden unter den Füssen. Nur der Gedanke beruhigte sie dann wieder, ihr Bräutigam, Vater und die Brüder müssten auch etwas wahrgenommen haben, wenn es wirklich Erdstösse gewesen wären. Aber sie wollte fort, fort aus dieser Stadt, deren Boden wankte und deren Festtaumel ihren Zartsinn beleidigte. Kunigunde erging es ebenso.

Schliesslich gab man dem Drängen der beiden Bräute nach, und die Hochzeitsgesellschaft brach auf. Werner blieb in Basel zurück, um noch einige dringende Angelegenheiten zu erledigen. Der Abschied von

Bischof Johannes war herzlich. Er begleitete die beiden Brautpaare bis zum Ausgangstore der Pfalz.

Die Abreise der Festgäste wurde von der freudetrunkenen Stadt kaum beachtet, obwohl es erst etwa fünf Uhr nachmittags war. Diese aber waren herzlich froh, als sie die Stadtmauern hinter sich hatten und die frische Luft des Birsigtales atmen konnten. Eilig hatten sie es jetzt nicht mehr. Manch fröhlicher Scherz flog von Mund zu Mund. Besonders Hugo war heute aufgeräumter als je in seinem Leben. Immer und immer wieder trieb er sein Pferd zu fröhlichen Sprüngen an, ja, einmal hätte wenig gefehlt, so wären Ross und Reiter zu einem unfreiwilligen Bade in der Birsig gestürzt. Doch plötzlich nahm er eine ernste Miene an und sagte:

«Damit ihr alle wisst, wen ich minne und wem ich mein ritterliches Herz geschenkt habe, so will ich es euch singen und sagen.»

Und nun begann er mit glockenheller Stimme der Gottesmutter Preis zu singen:

«Mutter, der viel schönen Minne,
In dem Finstern Leuchterinne,
Zünd', entbrenne meine Sinne
In der wahren Minne Glut.
Da ich inne werd' gereinet,
Und mit Gotte gar vereinet,
Was ich anders han gemeinet,
Das bedecke, Fraue, gut.
Frau, erbarm zu allen Stunden,
Denn du hast Gnade funden,
Gottes Zorn hat überwunden
Dein viel tugendreicher Mut.»

Die Festgesellschaft hatte ihre Pferde angehalten und umstand den begeisterten Sänger im Halbkreise.

«Hugo, du kannst aber schön singen, wo hast du dieses Lied gelernt?»

«Gelehrt hat es mich vorhin der Hofnarr des Bischofs. Als ihr euch an den süssen Nachspeisen gütlich tatet, nahm er mich beiseite, sang und spielte es mir vor, und ich hab es sofort behalten.»

«Brav, mein Sohn, du wirst ein guter Minnesänger und ein tapferer Gralsritter werden.»

«Ja, das will ich, Vater, das will ich!»

Er gab seinem Ross die Sporen und ritt dem ganzen Zug voran. Eine Zeitlang waren alle schweigend weitergeritten. Schon winkten die Zinnen der Burg Landskron. Sie lag da gleich einer Zauberburg. Graf Burkhard, der soeben der Festgesellschaft nachgeritten war, um dem Grafen Jakob noch einige wichtige Mitteilungen betreffs des gefangenen Junkers zu machen, wies selbst voll Stolz auf diesen seltenen Anblick hin. Gewiss, einen herrlicheren Sitz gab es nicht weit und breit in deutschen Landen. Und zudem waren die Berge, denen man entgegenritt, in ein tiefes Blau gebadet, so duftig und klar, dass kein Maler es auf die Leinwand zu zaubern vermocht hätte. Mit einem Male hörte man wieder das dumpfe Rollen wie am Morgen, nur viel stärker und anhaltender. Ein Gefühl der Unsicherheit überkam Mensch und Tiere, die Erde bebte, unterirdische Donner rollten, alles schien zu wanken. Die Pferde wieherten angstvoll auf und die ganze Festgesellschaft wurde von einem jähen Schrecken ergriffen.

Die Erde bebte weiter, da und dort gab es Risse quer über den Feldweg. Und – was war das? Ein Angstschrei aus Männerbrust! Graf Burkhard von Landskron war es gewesen. Er deutet auf seine Burg, deren Zinnen wankten und wie Kartenhäuser zusammenzufallen schienen. Steine rollten polternd vom Berge zu Tal. Einige Augenblicke war der Graf starr vor Schrecken, dann aber rief er: «Vorwärts, vorwärts!», gab seinem Rosse die Sporen und galoppierte davon. Die andern konnten ihm nicht folgen, zumal die Pferde, ob der ständigen Erdstösse störrisch geworden, beinahe nicht vom Fleck zu bringen waren.

«Ich glaube, das Jüngste Gericht ist angebrochen», sprach entsetzt Graf Jakob.

«Ich meine auch», keuchte Heinrich, «das ist furchtbar, wir müssen nach Hause, um zu retten und zu helfen!»

«Ach, die gute Mutter!», rief schluchzend Marie aus. «Wenn ihr nur kein Leid widerfahren ist! Vater, Dido, Hugo, eilt, eilt nach Sternenberg und helft!»

Hugo war schon davongaloppiert. Die Erdstösse wurden seltener und weniger heftig. Aber ein starker Wind trieb von Norden und Westen her schwarze Wolken herbei, die von Brandgeruch gesättigt waren. Die kamen von der brennenden Stadt Basel, die zum grössten Teil ein rauchender Schutt- und Trümmerhaufen war.

«Heiliger Gott, hab Erbarmen!», rief Kunigunde. Die beiden Bräute hatten seit einiger Zeit alle Mühe, ihre Pferde im Zaume zu halten, so wild gebärdeten sich die sonst so zahmen Schimmel.

Schliesslich stob die ganze Gesellschaft auseinander. Heinrich ritt mit einigen Reisigen davon, um nach seiner Burg zu sehen. Auch ihn hatte gleich Marie, eine unerklärliche Angst um Helena erfasst. Graf Jakob war auch davongeritten, um so schnell als möglich nach Rotberg zu kommen. Arnold und Dido blieben mit etlichen Reitknechten zurück, um ihre Bräute zunächst nach Burg Sternenberg zu geleiten. In ihrem reichen Aufputze und herkömmlichen Hochzeitsschmucke kamen sie nur langsam vorwärts. An einen Galopp war nicht zu denken.

Doch des Schreckens war an diesem Tage kein Ende! Links und rechts des Weges lagen die Trümmer zerstörter Häuser und Scheunen, umstanden von wehklagenden, fuchtelnden und schreienden Menschengruppen. Der Mann rief der Frau, die Frau dem Manne, und beide den Kindern. Alles war in Verwirrung. Der heimkehrenden Bräute, die am Morgen wie ein Weltwunder angestaunt worden waren, achtete niemand mehr. Nur hin und wieder warf sich am Wegrande eine arme Frau und rief:

«Frau Gräfin, habt Erbarmen! Ich habe alles verloren!»

Arnold sprach zu Marie: «Wer weiss, ob es uns nicht auch so ergangen ist. Vielleicht sind wir noch ärmer geworden als diese Armen.»

«Wir müssen uns heute auf das Schlimmste gefasst machen. Mir ahnt nichts Gutes, schon den ganzen Tag war ich in einer beständigen Unruhe», sprach sie.

«Sei doch nicht so verzagt, meine junge Frau, wenigstens haben wir unser Leben noch.»

Sie waren bis nach Flüh gekommen und eben im Begriffe, den Bergvorsprung des Kleinen Blauen zu umreiten. Da galoppierte Hugo um die Wegbiegung herzu. Er war ohne Kopfbedeckung, die Haare flogen im Winde, Schrecken malte sich auf seinen Zügen. Schon von ferne rief er: «Schrecklich, schrecklich, eilt, eilt!»

«Was gibt's?» fragten alle durcheinander. «Sternenberg hat stark gelitten, die Mutter wurde verwundet. Ich reite nach Benken, um den Dorfbader zu holen!»

Nun suchte man so rasch also möglich vorwärtszukommen und befand sich bald unter Sternenberg. Man stieg vom Pferde, Marie nahm rasch ihren langen

Schlepp zusammen und eilte in die Burg. Mitten im Hof lag die Mutter, blutüberströmt und bewusstlos. Heinrich kniete neben ihr und unterstützte ihr Haupt, das eine grosse, blutende Wunde trug. Ein Stein war vom Turm herabgefallen und hatte sie getroffen.

«Ist die Mutter tot?», fragt Marie weinend.

«Nein, aber ernstlich verwundet. Ich glaube zwar nicht, dass es lebensgefährlich ist. Wir wollen sie hinauftragen und das Blut zu stillen suchen. Der Bader wird bald da sein», meinte Heinrich.

In diesem Augenblick öffnet Helena die Augen, sieht Marie und haucht beruhigt lächelnd: «Es wird schon wieder gut – ich bin so müde – so müde», dann verlassen sie die Kräfte wieder, und eine sanfte Ohnmacht umfängt von neuem ihren Sinn.

Als Hugo mit dem Bader von Benken ankam, hatte Marie ihrer Mutter bereits einen Notverband um den Kopf gelegt und sie ins Bett gelegt. Der Arzt fand den Zustand ernst, hoffte aber bestimmt, sie am Leben halten zu können. Um dem gefürchteten Wundfieber vorzubeugen, verschrieb er kühlende und stärkende Arzneien. Nach einiger Zeit erwachte Helena wieder aus ihrer Ohnmacht. Aber mehrere Tage noch schwebte sie zwischen Tod und Leben, während Marie nie von ihrer Seite wich. Die gesunde, zähe Natur der Gräfin aber gewann schliesslich die Oberhand, und langsam, langsam kehrten ihre Kräfte zurück.

So endigte der Hochzeitstag der beiden Brautpaare. Es war beinahe zu viel des Leides. Das Erdbeben des St. Lukastages brach herein über ihr junges Glück wie ein Blitzstrahl aus heiterem Himmel. Die ganze Nacht hindurch bebte und krachte die Erde, und niemand war seines Lebens sicher.

Auch von Rotberg kamen schlimme Nachrichten. Die Burg war gänzlich zerstört worden. Graf Jakob fand nur noch einen Trümmerhaufen, und unter ihm lag der Junker von Sternenberg. Gott hatte ihn selbst gerichtet. Der Kerker, den der Raubritter verdientermassen bewohnte, wurde ihm zum Grabe. Wohl liess Jakob sofort nach dem Gefangenen graben, um ihn noch lebend zu finden. Aber man erhielt bald die Gewissheit, dass er von den zusammenstürzenden Mauern vollständig zermalmt worden war. So endigt die Geschichte des Junkers von Sternenberg.

14. Kapitel

Nachdem Mutter Helena wieder genesen war, rüstete sich Heinrich von Löwenstein, der ehemalige Flühschmied, um mit seiner Familie in seine Burg am mächtigen Rheinstrome zurückzukehren. Es war nichts mehr da, das ihn an das Leimental fesselte. Die Schmiede und das Badhaus Flüh baute er nicht wieder auf, die Burg Sternenberg war auch nicht sein Eigentum und hatte ihm wenig freudige Stunden gebracht. Dido mit seiner jungen Gattin Kunigunde von Rotberg folgte ihm, während Marie mit ihrem Gatten Arnold ständigen Wohnsitz in Basel bezog. Von Heinrichs und Didos Schicksalen ist weiter nichts mehr bekannt. Hugo aber, der junge, hochgesinnte Held, zog auf Abenteuer aus, machte sich als Minnesänger und Gralsritter einen grossen Namen. Es wäre eine dankbare Aufgabe, einmal seine Erlebnisse und Lebensschicksale zu erzählen.

Die Burg Rotberg wurde nicht mehr aufgebaut, sondern blieb von dort an eine Ruine bis zum heutigen Tage. Graf Jakob übersiedelte mit seiner Familie nach Basel und verwaltete von dort aus seine Grafschaft im Leimental. Arnold zog sich mit seiner Gattin vollständig aus dem ritterlichen Treiben zurück und blieb seinem Versprechen treu, das er ihr am Hochzeitstage gegeben hatte: Nie mehr sah man ihn an einem Turniere, weder als Kämpfer noch als Zuschauer. Überhaupt verwuchsen die Rotberger nach und nach so enge mit Basel, dass später mehrere Sprosse dieses Geschlechtes Bürgermeister der Stadt wurden. Das Gleiche ist zu sagen vom Geschlechte der Herren von Landskron. Burkhard setzte nach dem Erdbeben seine Burg wieder in Stand, herrlicher und stolzer als zuvor. Er selbst wurde 1357

Bürgermeister von Basel, und es fiel ihm und seinem Rate die nicht leichte Aufgabe zu, die vom Erdbeben und Feuer fast gänzlich zerstörte Stadt wieder herzustellen. Burkhard war und blieb ein Mann der energischen Tat, darum war er zu dieser schweren Zeit am richtigen Posten. Graf Werner von Rotberg war seine rechte Hand, und beide blieben zeitlebens die besten und engsten Freunde. Bis in sein hohes Alter blieb Werner Ritter ohne Furcht und Tadel. Als Greis von beinahe siebzig Jahren nahm er in den Diensten Herzogs Leopolds von Österreich im Jahre 1386 an der Schlacht von Sempach teil, wo er inmitten der Blüte der deutschen Ritterschaft unter den Hellebarden und Mordäxten der Eidgenossen den Heldentod fand.

Bischof Johannes baute nach dem grossen Erdbeben seine Pfalz und das stark beschädigte Münster wieder auf, und desgleichen war er beteiligt an der Wiederherstellung vieler Kirchen, Klöster und Burgen seines Bistums. Er wird vom Chronisten genannt «ein sanftmütiger und frommer Mann, ein eifriger Erhalter des Friedens, hochverehrt und geliebt von Geistlichkeit und Volk». Er starb im guten Alter nach einer Regierungszeit von dreissig Jahren am 30. Juni des Jahres 1365. Begraben liegt er im herrlichen Münster zu Basel.

Nur Hermann von Sternenberg, der Raubritter, nahm ein klägliches, ruhmloses Ende. Der Schrecken vor ihm blieb aber im Volke noch lange wach, und die nimmermüde Phantasie des Volkes hat um ihn und seine ehemalige Burg Sternenberg eine Sage gewoben, die heute noch von Mund zu Mund die Runde macht. Sie lautet:

Auf der Burg Sternenberg lebte vor vielen, vielen Jahren ein Junker, der viel Böses tat. Er überfiel die

Leute, wenn sie zur Stadt auf den Markt zogen oder von dort zurückkehrten, erschlug viele von ihnen und raubte sie aus. Das tat er aber nur nachts. Tagsüber sass er in einem tiefen Gewölbe seiner finstern Burg, dort, wo er seine Schätze aufgespeichert hatte. Fleissig zählte er daselbst die Gold- und Silbermünzen, die Juwelen und andere Kleinodien, die er geraubt hatte, und meinte, er sei der reichste und glücklichste Mann weit und breit.

Eines Tages aber wurde er von einem unheimlichen Gesellen überrascht, trotzdem er hinter sich alle Tore und Türen mit ehernen Riegeln verrammelt hatte.

Erschreckt sprang der Junker auf und rief:

«Wer bist du und was willst du?»

«Ich bin der Tod, folge mir!»

«Noch nicht, noch nicht! O lass mich nur noch diesen Sack voll Goldes fertigzählen, dann bin ich ja bereit», bat flehentlich der Junker.

«Es gibt keinen Aufschub, deine Zeit ist abgelaufen ...»

Da sprang der Junker hinter seine aufgespeicherten Goldsäcke und versteckte sich vor dem Tode. Der aber rief ihm hohnlachend nach:

«Meinst du, du könntest vor mir fliehen? Du wärest der Erste unter den Sterblichen! Deine Räuberhöhle werde dir zur Hölle und dein Gold zur ewigen Qual!»

Der Tod sprachs und verschwand. Ringsum aber brachen plötzlich die züngelnden höllischen Flammen hervor und hüllten den Junker und seinen angesammelten Raub ein. Es gab und gibt kein Entrinnen mehr.

Der Junker sitzt und brennt in seiner unterirdischen Räuberhöhle bis heute. Er betastet und zählt seine Goldsäcke, zählt und zählt mit fieberhafter Eile, zählt und zählt und wird nicht fertig. Der Junker muss in alle Ewigkeit zählen.

Und, es kommt zuweilen vor, dass der böse Junker von Sternenberg vom Höllenmeister für Augenblicke aus seiner brennenden Räuberhöhle herausgelassen wird. Dann tritt er in der Gestalt eines grossen, schwarzen Hundes in der Umgebung der Burg umher. Er muss die Stellen aufsuchen, wo er seine Raubmorde begangen. Dort muss er den Boden lecken, den er mit dem Blute der unschuldigen Opfer getränkt. Das aber brennt und ätzt seine Zunge und sein ganzes Inneres wie doppeltes und verdreifachtes Höllenfeuer. Ist er an allen Tatorten gewesen und die Runde vollendet, muss er wieder in seine Höhle zurückkehren und zählen und zählen und brennen.

Übrigens gibt es viele Leute, die den Höllenhund schon gesehen haben. Er ist erschreckend gross, schwarz wie die Nacht, und aus seinen Augen sprüht das rote, höllische Feuer. Man muss aber Sonntagskind sein, um dies alles sehen zu können. Meistens zeigt er sich um Mitternacht, wenn der letzte Glockenschlag verhallt ist.

Der Herausgeber

Hans Brunner (*1936), ehemaliger Lehrer und Konservator des Historischen Museums Olten, hat zahlreiche Chroniken, Jubiläumsschriften und Bücher geschrieben. Er widmet sich seit Jahren schon der Solothurner Geschichtsliteratur. Brunner ist Initiant des viel beachteten Kulturwegs entlang der Aare in Winznau.

Die Reihe *Solothurner Klassiker*

Bereits erschienen sind:

Olga Brand, Solothurn
Clara Büttiker, Olten
Hans Derendinger, Olten
Carl Robert Enzmann, Solothurn
Fritz Grob, Solothurn
Alfred Hartmann, Solothurn
Josef Joachim, Kestenholz
Gottfried Klaus, Olten/Solothurn
Felix Moeschlin, Witterswil
Oscar Schenker, Olten
Josef Schild, Grenchen
Bernhard Wyss, Kappel/Solothurn

Anmerkung des Lektors

Die Texte der Reihe *Solothurner Klassiker* wurden behutsam an die reformierte Rechtschreibung angepasst. Dabei wurde, wo immer Variantenschreibung zulässig ist, der kleinstmöglichen Intervention der Vorzug gegeben (zum Beispiel: «seit kurzem», «von weitem» statt wie von Duden empfohlen «seit Kurzem», «von Weitem»). Sprachliche Eigenheiten der Autorinnen und Autoren sowie mundartbezogene Ausdrücke wurden immer belassen.
Sam Bieri, Lektor

Impressum
Umschlag, Layout Bruno Castellani, Starrkirch-Wil
Satz chilimedia GmbH, Olten
Korrektorat Sam Bieri, Luzern
Druck und Einband Dietschi AG, Olten
1. Auflage, Juni 2012

ISBN 978-3-905848-61-8

Alle Rechte liegen beim Autor. Kein Teil des Werkes darf in irgendeiner Form ohne Genehmigung der Herausgeber verwendet werden.

Dieses Buch wurde in der Schweiz hergestellt.

www.knapp-verlag.ch